LE BARDE

DES VOSGES.

IMPRIMERIE DE JULES DIDOT AINÉ,
IMPRIMEUR DU ROI,
Rue du Pont-de-Lodi, nᵒ 6.

LE BARDE

DES VOSGES

RECUEIL DE POÉSIES

PAR

M. PELLET (D'ÉPINAL.)

A PARIS,

CHEZ BRISSOT-THIVARS, LIBRAIRE,
RUE DE L'ABBAYE-SAINT-GERMAIN, N° 14.

1828.

A M.

M. Lefebvre = Duruflé.

TÉMOIGNAGE D'AMITIÉ.

Pellet d'Épinal.

INSPIRATIONS.

Les montagnes.

Non, vous ne verrez point aux bosquets d'Idalie
Cet aigle à l'œil rapide, au vol démesuré,
Qui, plus prompt que l'Eurus, enfant de l'Éolie,
    Fend les airs et s'allie
    A l'empire azuré.
  Au sein des monts, pensif et solitaire,
Les regards attachés sur la voûte des cieux,
  Superbe, il fuit loin des profanes yeux,
  Rêvant auprès du nid héréditaire
Qu'au sommet du Caucase ont bâti ses aïeux.

Tel, de la foule impure exilant son délire,
L'honneur des murs thébains, le chantre d'Hiéron,
Pindare, ivre des vers qu'à la Grèce il doit lire,
    Allait touchant sa lyre
    Au haut du Cythéron;
  Ou tel encor, parmi ces rocs sauvages

Qu'a sillonnés la foudre au sommet de l'Arven,
   Le barde antique, épris d'un feu divin,
   Du fer d'Oscar célébrait les ravages,
Et sauvait de l'oubli les braves de Morven.

Ainsi, fils du vallon et de la solitude,
Audacieux ami des sublimes concerts,
Souvent j'aime à porter ma docte inquiétude,
     Loin de la multitude,
     Sur les rochers déserts.
  C'est là qu'un chantre éternise ses veilles,
Qu'il tire de son luth des sons mélodieux,
   Que l'éclair part de son front radieux,
   Et que sa voix, prodiguant les merveilles,
Étonne les humains du langage des dieux.

Tantôt sur un vieux roc noirci par les orages,
Tantôt, la lyre en main, le long des flots errants,
De Rome, dont la chute expia tant d'outrages,
     Je redis les naufrages
     A l'écho des torrents.
Ce peuple altier qui s'illustra comme elle,

Carthage; dont le nom semait aussi l'effroi,
Vient m'apparaître auprès du peuple-roi.
Ai-je parlé,.... les siècles pêle-mêle,
Tels qu'un vain tourbillon, se pressent devant moi.

Telle au ciel nébuleux de la Calédonie,
Non loin des vastes flots du bruyant Océan,
Des mânes de Morven la troupe réunie,
   Avide d'harmonie,
   Écoutait Ossian.
Quoiqu'affranchis des liens de la terre,
Du récit des combats nourrissant leur loisir,
Ils s'enflammaient d'un belliqueux desir,
Et dans leurs mains le large cimeterre
A la voix d'Ossian frémissait de plaisir.

Jadis, lorsque, banni des célestes campagnes,
Descendit parmi nous le roi brillant du jour,
Ce fut dans les vallons, c'est au haut des montagnes,
   Qu'entre ses neuf compagnes
   Il fixa son séjour.
Dans la Phocide, aux monts de Thessalie,

Le Parnasse éclatant, le Pinde amant des vers,
    Les couronna de ses bois toujours verts,
    Et d'Hélicon la cime enorgueillie
Leur prêta son ombrage affranchi des hivers.

Là dans un doux loisir les nymphes d'Aonie
Célébraient par des jeux le dieu cher à Délos;
Et la riante Euterpe, et leur sœur Polymnie,
    D'un fleuve d'harmonie
    Y répandaient les flots.
    A leurs accords dont s'enivrait la Gréce,
Aux magiques accents du Parnasse assemblé,
    Le chéne ému dans les airs s'est troublé,
    Et le vieux pin, tressaillant d'alégresse,
Agita sur les monts son front échevelé.

C'est toi fils de Clio, toi sur-tout qui retraces
Le pouvoir de ces monts que tu sus attendrir,
Quand, seul et parcourant l'âpre climat des Thraces,
    Tu voyais sur tes traces
    Les rochers accourir.
Près du Strymon que tu rendis célébre,

Où ta noble cythare exprimait tes malheurs,
L'antre plaintif répondit à tes pleurs,
Et l'onde errante au bord glacé de l'Èbre
S'arrêta suspendue au bruit de tes douleurs.

Telle, au gouffre des mers, la trompeuse sirène,
Complice des écueils, des syrtes, des rochers,
Par les charmes puissants de sa voix souveraine
Tout-à-coup vous entraîne,
Déplorables nochers.
Mais qu'ai-je vu!.... Quelle est cette immortelle
Qui, pressant dans les airs ses coursiers glorieux,
Ceint de lauriers son front mystérieux,
Et vers l'Olympe entr'ouvert devant elle
Fait voler fièrement son char victorieux?

C'est l'Inspiration, sublime enchanteresse,
Qui, désertant la terre et ses obscurs destins,
A la table des dieux va puiser l'alégresse,
Et partager l'ivresse
Des célestes festins.
De ses regards où la flamme étincelle,

Où se peint du passé le vaste souvenir,
  Elle s'élance aux champs de l'avenir,
  Et voit déja le siècle que recéle
L'interminable nuit des âges à venir.

Assise à tes côtés sous les palmiers antiques,
Soupirant avec toi vers les hauteurs d'Hébron,
Tu lui dus, ô David, ces sublimes cantiques,
    Ces élans prophétiques,
    Qui charmaient le Cédron.
  C'est elle aussi, turbulente sibylle,
C'est elle dont le souffle égarait tes accents,
  Lorsqu'au milieu des antres frémissants
  Ta main traçait sur la feuille mobile
L'avenir échappé du trouble de tes sens.

Oh! comme au bord de l'onde à Phébus consacrée,
Comme en ces bois fameux si chéris des neuf sœurs,
Hésiode, nourri dans les vallons d'Ascrée,
    D'une flamme sacrée
    Savourait les douceurs!
  Dans ces forêts du vulgaire ignorées,

Sous l'abri d'un vieux pin, vainqueur de l'aquilon,
  Il souriait aux nymphes du vallon,
  Et redisait ces hymnes inspirées
Qui du chantre d'Achille ont vaincu l'Apollon.

Moi que le ciel plaça près du bruit des cascades,
Qui, trompant des mortels les regards indiscrets,
Et gravissant ces rocs suspendus en arcades,
    Cent fois des Oréades
    Ai surpris les secrets,
  Fidèle ami des lieux qui m'ont vu naître,
Attaché sans retour à mes lacs, mes torrents,
  J'y coulerai mes jours indifférents;
  Heureux de fuir, peu jaloux de connaître
Et le séjour des rois et la faveur des grands.

Là, parmi des rochers qu'entassa la nature,
Aux cris des aquilons sur ma tête grondants,
Libre, et le cœur bercé d'une palme future,
    J'égare à l'aventure
    Mes pas indépendants.
  Ennemi né des routes ordinaires,

Ambitieux d'un nom par moi seul ennòbli,
  Déja ma muse insulte au pâle oubli [1] ;
  Fier de mon luth que des vœux mercenaires,
Qu'un culte adulateur n'ont jamais avili.

Tel au sommet d'Athos, noir sommet d'où s'élance
L'aigle, roi des combats, ministre des éclairs,
Un sapin, jeune encor, qui s'accrut en silence,
        Avec fierté balance
        Sa tête dans les airs.
  Tout orgueilleux d'insulter aux orages,
Noble rival du cédre à l'immense contour,
  Il brave enfin la tempête à son tour,
  Et de son front perdu dans les nuages
Domine les rochers et les monts d'alentour.

---

[1] Qu'on me pardonne cette licence poétique. Depuis l'*exegi monumentum* d'Horace, il n'y a si mince rimeur qui ne se promette l'immortalité dans ses chants.

Le désespoir.

Ah! courons nous cacher dans la nuit des forêts!
Portons-y de mes sens l'affreuse inquiétude.
    Peut-être que la solitude
Apaisera mon cœur, calmera mes regrets.
Atteignons, gravissons cette roche sauvage,
    Prêtons l'oreille au bruit de ces torrents,
    Et, les yeux sur l'abyme errants,
Endormons s'il se peut d'un indigne esclavage
    Les souvenirs trop déchirants!

    Eh quoi! mon désespoir augmente!
Les torrents, le désert, tout accroît mes douleurs,
Et, comme le roseau jouet de la tourmente,
    Dans mon sein l'orage fermente,
    Et mes yeux se gonflent de pleurs!
    Quel lieu chercher dans la nature?
Où rencontrer la paix? quel remède à mes maux?
Hélas! j'ai visité le calme des hameaux,

Et la paix des hameaux a doublé ma torture.
    Fuyons, revolons aux cités.
Livrons-nous aux plaisirs, plongeons-nous dans la joie;
Coulez, coulez, nectar! à moi, jeunes beautés!
    Et que ces pleurs où je me noie,
  Et que ces maux dont mon ame est la proie,
    Cédent la place aux voluptés.
Du tumulte et des jeux les cités sont l'asile;
Dans l'oubli du passé là s'endort le présent,
Et parmi ces festins d'où la raison s'exile
    Le mal d'amour est moins cuisant.

Et puis de mes chagrins on y saura l'histoire;
On saura mes longs pleurs, mes destins ennemis,
Et comment a payé les feux les plus soumis
    L'ingratitude la plus noire.

    Alors, à ces cruels récits,
Profondément émue, et sensible à mes peines,
Quelque vierge au cœur pur peut-être dans ses chaînes
    Endormira mes noirs soucis.

Que dis-je? des festins! des spectacles! des fêtes!

Moi songer à des jeux! moi rêver des conquêtes!
Malheureux! quelle erreur! quel insensé dessein!
Eh! de mille beautés que peut sur toi l'empire?
Pourrais-tu seulement leur parler, leur sourire,
  Lorsque le trait qui te déchire
  Plus avant se brise en ton sein?

  Eh bien! le printemps vient de naître,
  Parmi nous Flore est de retour,
  Et dans les plaines d'alentour,
  Sous les auspices de l'Amour,
  Tout a repris un nouvel être;
  L'oiseau n'a plus ce chant plaintif
  Dont il attristait sa compagne;
  Le soleil rit sur la montagne;
  Et le ruisseau, long-temps captif,
  Libre, joyeux et fugitif,
  A murmuré dans la campagne.
Courage! enivrons-nous du spectacle des champs!
Cet ombrage est si vert! ces accords si touchants!
  Si beaux les prés, l'herbe fleurie!
Courage!.... loin de moi, soupirs, pleurs impuissants,

Et que l'émail de la prairie,
Et que du soir l'ombre chérie,
Versent le calme en tous mes sens!

Le calme.... vain prestige! inutile espérance!
Moi, jouir du bonheur de tant d'êtres heureux?
Moi, n'entendre par-tout que transports amoureux?
Ah! ce bonheur cruel ajoute à ma souffrance!
     Il rend mes pleurs bien plus affreux.

L'hiver, le sombre hiver plaisait mieux à ma flamme.
Du moins dans la douleur le monde était plongé;
Et la colline en deuil, le vallon ravagé,
     En harmonie avec mon ame,
Hélas! semblaient gémir.... et j'étais soulagé.

     Soufflez, sur ces rivages
     Accourez tous, fiers Aquilons!
     Que sur vos pas dans ces vallons
     L'œil ne contemple que ravages!
     Souvent au bord de ces ruisseaux
     Je fus assis.... heureux près d'elle....
     Vents du nord, tarissez leurs eaux!

Et vous, tombez, verts arbrisseaux,
Riants bocages, frais berceaux....
Vous fûtes chers à l'infidèle!

Voilà pourtant le mal qu'elle m'a fait!
Voilà comme, éveillant mes plaintives alarmes,
Elle a fait de ma vie une source de larmes;
Et trop d'amour fut mon forfait.

O jours qu'à peine j'osais croire!
Jours si doux, mais si tôt passés!
Jours qui faisiez toute ma gloire,
Et qu'ivre alors de ma victoire,
Mon luth cent fois a retracés,
Pourquoi de ma mémoire
N'êtes-vous donc point effacés?
La voir, lui parler ou l'entendre
Était le charme de mes jours.
Combien de fois sa voix si tendre
Me dit ces mots: *Toi pour toujours.*
S'aimer, pour tous deux, c'était vivre.
Aucun obstacle, pour me suivre,

N'effrayait, n'enchaînait ses pas.
Des ronces les plus déchirantes,
Des laves les plus dévorantes,
Se jouaient ses pieds délicats.
Elle était pour moi comme un phare,
Comme un rayon pur du matin;
Ce qu'au voyageur qui s'égare
Est la voix du clocher lointain;
Ce qu'est à la terre embrasée
La fraîcheur, la douce rosée;
Ce que Zéphyre est pour les fleurs...
Mais non, déesse du mystère,
Dérobez ces temps à la terre...
On envierait jusqu'à mes pleurs.

Perfide, ne dis plus, quand je meurs ta victime,
Que le ciel réprouvait de si tendres liens,
    Qu'il condamnait mes soupirs et les tiens,
   Et que ta flamme était illégitime.
Ah! lorsqu'à nos regards l'univers n'était rien,
Que ton cœur s'enivrait de l'ivresse du mien,
    M'aimer te semblait-il un crime?

Il fut, ne t'en souvient-il pas?
Une nuit déchirante, et de pleurs abreuvée,
Où sur ta tête fut levée
La main livide du trépas.
Tu mourais... par degrés, de ta longue paupière,
De tes yeux expirants s'enfuyait la lumière.
Tes lèvres n'avaient plus leur riant incarnat,
Ton front de son ivoire avait perdu l'éclat,
Et le marteau funèbre, en sa prison sonore,
N'attendait, pour frapper, que la nouvelle aurore.
O crime! ô trahison! cœur indigne et sans foi!
Les dieux à ma prière eurent pitié de toi;
Sans mes vœux, sans mes pleurs, tu nous étais ravie,
Ingrate! et quand par moi tu renais à la vie,
Ta vie, hélas! n'est plus pour moi.

2

L'Ivresse, ou Bacchus.

Qu'un autre épris des charmes de la gloire,
Et vers l'Olympe élevant son orgueil,
Aille briguer au temple de mémoire
   L'honneur de survivre au cercueil!
Pour moi, tranquille au fond de mes allées,
Assis à l'ombre, et le verre à la main,
Je bois l'oubli des heures écoulées,
   Et je me ris du lendemain.

A quoi nous sert d'immoler notre vie
Au vague espoir de l'immortalité?
Tout cet éclat que le vulgaire envie,
   Qu'est-il dans la réalité?
Le bruit d'un nom, les grandeurs, la science,
L'or du sophi, l'empire des sultans,
Ne valent pas la molle insouciance
   Qui file en paix tous mes instants.

Eh! que me fait un palais de porphyre,
Un vain renom, trop souvent dangereux?
A mon bonheur cet enclos peut suffire :
   On a tout dès qu'on est heureux.
Viens, ô Bacchus! assister à ta fête,
Ton trône est prêt, ton autel est paré;
Sous ces berceaux, pour couronner ta tête,
   Déja le lierre est préparé.

Vois comme ici tout s'empresse d'éclore!
De quel éclat se peint l'azur des cieux!
Comme Zéphyr, ministre ailé de Flore,
   Orne ces bords délicieux!
Vois ces beaux lacs dont le cristal limpide
Des bois, des monts, réfléchit les couleurs,
Et ces ruisseaux dont l'eau vive et rapide
   Court et bondit parmi les fleurs.

Non, non, jamais la riante Cybéle
Ne se couvrit de pareils vêtements;
Jamais le jour d'une scène aussi belle
   N'éclaira les enchantements!

2.

Viens, ô Bacchus! viens ajouter encore
Par ta présence au charme de ces lieux;
Viens, ces bosquets que le printemps décore
    Sont dignes d'ombrager les dieux.

Où m'égaré-je? et quel riant délire
Naît tout-à-coup dans mon cœur agité?
Mes doigts tremblants laissent tomber ma lyre...
    Mon sein frémit de volupté.
Oui, c'est Bacchus... c'est lui-même... à pleins vases,
Amis, versez le nectar écumant.
Dieux! quels transports!... dans quelle mer d'extases
    Mon cœur s'abyme en ce moment!

Oh! c'en est fait, je succombe... que dis-je?
Autour de moi quel spectacle soudain!
Mon ame errant de prodige en prodige
    Croit habiter un autre Éden.
Est-ce une erreur? un monde fantastique
Abuse-t-il mes sens et ma raison?
Du doux Tempé, de l'Élysée antique,
    Ai-je foulé le vert gazon?

Le ciel, les lacs, le rocher solitaire,
Les monts lointains, les prés épanouis,
Tout, d'une pompe inconnue à la terre,
 Vient frapper mes yeux éblouis.
Tel est Bacchus : j'ai vu par sa présence
Les bois muets se peupler de concerts,
L'hiver sourire, et de magnificence
 Éclater les plus noirs déserts.

Par lui, plus libre, et déployant ses ailes,
L'ame s'élance au séjour azuré,
Et le génie, entouré d'étincelles,
 Double son vol démesuré.
Par lui, l'Enfer en ses gouffres immondes
Rit des clameurs de l'Olympe irrité,
Et Jupiter, laissant flotter les mondes,
 S'abreuve d'immortalité.

Courage, Hébé !... déja le dieu chancelle,
Le ciel frémit sous ses pas incertains ;
Dans les longs flots du nectar qui ruisselle
 Sont tombés ses foudres éteints.

Gloire à Bacchus!... Buvez, céleste troupe.
Ah! verse encor, jeune divinité!
Sans le nectar, sans l'immortelle coupe,
   Qui voudrait d'une éternité?

Et, nous aussi, buvons tous... Le jour tombe,
L'heure s'enfuit, le sombre hiver accourt.
Usons du temps : de la vie à la tombe,
   Hélas! le passage est si court!
Comme les fleurs nos beaux ans passent vite;
Comme les fleurs bientôt nous passerons;
La mort viendra... nul ici ne l'évite...
   Qui sait si demain nous serons!

Versez, versez!... Eh quoi! chacun recule?
Est-ce donc là cette ardeur qu'il montrait?
Que feriez-vous s'il vous fallait d'Hercule
   Vider la coupe tout d'un trait?
Allez, fuyez! mon cœur vous désavoue,
Lâches rivaux, méprisables amis.
A la raison quiconque se dévoue
   Sous mes drapeaux n'est point admis.

Mais qu'ai-je vu !... Dans les champs de l'espace
Quel est ce char environné d'éclairs ?
Il vient... montons... Ciel ! déja je dépasse
   Le cèdre égaré dans les airs !
C'est lui, c'est lui... je le sens... il m'enlève...
La terre fuit, disparaît à mes yeux...
Mon front vainqueur jusqu'aux astres s'élève :
   Mon ivresse a conquis les cieux.

Les vicissitudes des empires.

Quel foudre a renversé ce colosse de gloire?
Que sont-ils devenus ces enfants de l'orgueil?
Regarde, ils ne sont plus !... Du roi de la victoire
Le génie a plané sur leur vaste cercueil.

    De cris de mort retentissait leur route;
Tels qu'un torrent fougueux, ils marchaient à grand bruit
    L'heure a sonné, le colosse est détruit.
    Ils vont conter leur sanglante déroute
Aux pâles habitants de l'infernale nuit.

Le soleil, qui du haut de sa marche éthérée
Contemplait leur empire incessamment accru,
« De mon cours, disait-il, il aura la durée. »

Cette ode a été publiée quelques jours après la bataille de
Wagram. Plusieurs journaux en ont rendu compte à cette époque,
entre autres le Mercure de France, dans son numéro du 23 février
1811, article de M. le chevalier de Boufflers.

Mais un jour qu'il revint ils avaient disparu.
   Ainsi, veillant du séjour de la foudre,
Sur ce vaste univers que son souffle acheva,
   Le Dieu des dieux, l'éternel Jéhova,
   Brise à son gré, fait rentrer dans la poudre
Les peuples passagers que lui-même éleva.

Vers l'un d'eux, quelquefois, inclinant sa balance,
Il dit, et tout-à-coup sort un peuple géant;
Et tantôt sa colère, allumée en silence,
Vient les précipiter de la gloire au néant.
   « Venez me voir, accourez à mes fêtes, »
S'écriait Babylone aux jours de sa splendeur;
   « Foulons aux pieds les lois de la pudeur;
   « N'écoutez point ces insensés prophètes
« Dont les cris impuissants menaçaient ma grandeur.

« Eh! que me fait le dieu qu'enfanta leur démence!
« S'il peut m'anéantir, que ne vient-il enfin?
« Mais non; de ma grandeur, de mon empire immense,
« Le Temps, quoique immortel, ne verra point la fin. »
   Au noir séjour qui donc t'a fait descendre?

Pourquoi n'entends-je plus tes profanes concerts?
   Je t'ai cherchée au fond de tes déserts...
   Pas un débris, pas seulement la cendre
De ces palais pompeux qui fatiguaient les airs.

Attiré vers l'Euphrate où jadis tu fus reine,
Je t'appelle, et tu dors au-dessous des sillons,
Et tes murs sont mêlés à la mouvante arène
Que l'ardent Africus roule en noirs tourbillons.
   Ton dieu lui-même a partagé ta tombe;
La terre a dévoré les temples de Bélus :
   Tes successeurs comme toi ne sont plus...
   Semblable au flot qui grandit et retombe,
Chaque état tour-à-tour a son flux et reflux.

Là régnait ta rivale; ici l'herbe remplace
Les remparts que Palmyre élevait jusqu'aux cieux;
Plus loin mourut Balbec; là j'ai foulé la place
Où Memphis autrefois attirait tous les yeux.
   « Fendez les mers, affrontez la fortune,
« Partez, disait Sidon à ses mille vaisseaux.
   « Que tous les rois deviennent mes vassaux!

« Qu'à votre aspect le superbe Neptune
« Abdique le pouvoir qu'il avait sur les eaux! »

Et cependant l'oubli la couvre de son aile !
Et cependant ses ports sont muets d'abandon!
Et cependant la mort, livide sentinelle,
Est debout pour jamais sur les murs de Sidon !
   Voilà, voilà, magnifiques atomes,
Conquérants trop fameux, foudroyants potentats,
   Comme le ciel se rit de vos états,
   Et fait passer, tels que de vains fantômes,
Vos peuples souvent grands par de grands attentats.

De pleurs, de flots de sang, vous inondez la terre ;
Votre char roule au bruit des malédictions :
Jusques à quand, cruels, le droit du cimeterre
Sera-t-il en vos mains le droit des nations?
   Fuyez, pasteurs, désertez vos campagnes...
Laissez là vos troupeaux, votre toit fortuné...
   Bellone accourt... La trompette a sonné...
   Fuyez!... bientôt vos enfants, vos compagnes,
Vont subir la fureur du vainqueur effréné.

Non, vous ne verrez plus vos cabanes rustiques!
Au foyer paternel adressez vos adieux!
Il va périr, l'asile où tels qu'aux jours antiques
Vous cultiviez en paix l'innocence et les dieux.
   Que tardez-vous? la guerre et l'incendie
Ont ligué leurs fureurs, réuni leurs tisons.
   Entendez-vous ces lamentables sons?
   Tout est perdu!... de la flamme grandie
Le courroux se déploie à travers vos moissons.

Que d'horreurs! Et pourquoi dévaster ces rivages?
Insensé conquérant, quel peut être ton but?
Crois-tu que ton grand peuple, après tant de ravages,
Au néant, à son tour, ne paiera point tribut?
   Sors du tombeau; sors, géant politique;
Rome, viens l'effrayer du bruit de tes revers,
   Toi qui jadis, insultant l'univers,
   Voyais fléchir sous ton joug despotique
Tant de fronts couronnés, tant de peuples divers.

Jusqu'où n'ont point volé tes aigles intrépides?
Quel moyen d'envahir n'as-tu pas inventé,

Quand, la flamme à la main, tes légions rapides
Couraient annoncer Rome au monde épouvanté ?
  Des bords du Tigre aux colonnes d'Alcide,
Lançant tous les fléaux que l'enfer déchaîna,
    Tu ressemblais au turbulent Etna,
    Lorsque, entr'ouvrant son sommet homicide,
Il vomit la terreur dans les vallons d'Enna.

Dans ses brûlants déserts, en vain la Nigritie
T'opposait tous les feux de son ciel dévorant;
En vain le fils glacé de l'âpre Sarmatie
Croyait dans ses marais échapper au torrent :
    Comme à la voix du maître du tonnerre,
Un océan vengeur, dans les airs enfanté,
    Couvrit soudain le globe dévasté,
    De même on vit tes bandes sanguinaires
Précipiter leurs flots sur l'univers dompté.

Levez-vous! accourez insulter à son ombre,
Peuples qu'elle a plongés dans la nuit du cercueil :
Des règnes effacés Rome a grossi le nombre;
Elle a perdu sa gloire et courbé son orgueil :

La ronce avide a percé ses murailles;
Ses thermes, ses palais, dans la poussière épars,
Sont là semés... jetés de toutes parts...
Tandis que l'if, amant des funérailles,
S'est emparé du sol où brillaient ses remparts.

Tel ce fleuve échappé des flancs du mont Adule,
Le Rhin, gros de tributs, terrible, impétueux,
S'avance... imaginant, dans sa fierté crédule,
Qu'il va rouler sans fin ses flots tumultueux.
Hélas! ses flots sont des flots périssables!
Vainement de son cours la terre a retenti.
Déja, moins fier, son cours s'est ralenti,
Décroît encore... et dans des mers de sable,
Comme un humble ruisseau, disparaît englouti.

Ainsi tout passe, ainsi ma patrie elle-même,
Après avoir dompté cent peuples belliqueux,
Précipitée un jour de sa grandeur suprême,
S'en ira dans l'oubli se confondre avec eux;
Et quand le Temps, ce dieu de la vitesse,
Aura mis au tombeau notre règne expiré,

Peut-être alors quelque barde inspiré,
Touchant sa harpe aux lieux où fut Lutéce,
N'entendra que le chant qu'il aura soupiré.

Au premier consul.

Quelle est cette indomptable envie,
Cette soif d'immortalité?
C'est peu de vingt siècles de vie,
Il me faut une éternité!
Au seul nom des hommes célèbres,
Je m'indigne de mes ténèbres,
Je sens s'irriter mon orgueil;
Mon cœur vers la gloire s'élance,
Et, plein d'une noble insolence,
J'insulte à la nuit du cercueil.

Eh quoi! dans l'océan des âges
Mon nom mourrait enseveli!
Loin de moi funestes présages,
Crainte accablante de l'oubli!
Je le sens: lorsqu'aux rives sombres,
La mort, au vain peuple des ombres,

Un jour ira me réunir,
Mon nom rayonnant de lumière
S'échappera de ma poussière,
Prendra son vol dans l'avenir.

Quelle époque en héros féconde
Dans les fastes de l'univers,
Doit fixer les regards du monde,
Doit être l'objet de mes vers ?
Siècles d'Athènes et de Rome
A ma muse offrez un grand homme,
Un héros digne de mes chants :
Je veux dans ma verve enflammée
Sur l'aile de la Renommée
Le conduire au-delà des temps.

Qu'ai-je dit ? des siècles antiques
Que sert de troubler le repos ?
A la Grèce, aux champs italiques
Pourquoi demander un héros ?
Vous tous, Annibal, Alexandre,
Et toi qu'on vit près du Scamandre

3

Par tant de hauts faits s'illustrer,
Guerriers et de Rome et de Sparte,
Cédez la palme à Bonaparte :
C'est lui que je vais célébrer.

Lyre de Pindare et d'Horace,
Seconde mes brûlants transports,
Et que le chantre de la Thrace
Soit surpassé par mes accords!
Que l'onde surprise s'arrête;
Que l'aigle planant sur ma tête
M'écoute du sommet des airs;
Et sur les montagnes émues
Que le chêne voisin des nues
S'incline au bruit de mes concerts!

Murs de Toulon, je vous atteste;
Murs témoins des premiers succès
Du héros qu'Albion déteste,
Du héros l'orgueil des Français :
En vain vos cent bouches tonnantes,
En vain vos bombes fulminantes

Vomissaient le fer en éclats ;
Bravant la foudre et la tempête,
Tranquille, il entend sur sa tête
Mugir le bronze des combats.

Mais ce héros n'était encore
Qu'un guerrier prodiguant ses jours.
C'était, aux portes de l'aurore,
Le soleil commençant son cours.
Double Apennin, courbe ta cime ;
Il a pris son essor sublime,
Il touche à ton faîte orgueilleux ;
Et sur l'Italie alarmée
Il précipite son armée
De ton sommet audacieux.

. . . .
. . . .
. . . .
. . . .
. . . .
. . . .

3.

. . . .
. . . .
. . . .
. . . .

Tel du sein grondant des montagnes
Soudain un fleuve impétueux
S'élance à travers les campagnes,
Et roule à flots tumultueux;
Ou tel un rapide incendie,
Déployant sa flamme agrandie,
Vole escorté par la terreur,
Et, dans les forêts qu'il ravage,
Brûle, dévore en son passage
Tout ce qui s'offre à sa fureur.

Pyramides, tombeaux célèbres
Où cent rois par l'orgueil trompés
Croyaient échapper aux ténèbres
Dont leurs noms sont enveloppés,
Voyez-vous ces hordes d'esclaves
S'enfuir à l'aspect de nos braves

Jusques au fond de leurs déserts;
Et des remparts d'Alexandrie.
Jusques au sein de la Syrie
Flotter nos drapeaux dans les airs?

La superbe Thébe aux cent portes,
Autrefois le séjour de Mars,
S'éveille au bruit de nos cohortes
Foulant ses décombres épars.
Tyr frémit... Elle croit entendre
Son vainqueur, le fier Alexandre,
La poursuivre dans ses débris;
Et, du milieu de la poussière,
Memphis, levant sa tête altière,
Sourit au nouveau Sésostris.

. . . .
. . . .
. . . .
. . . .
. . . .
. . . .

38   AU PREMIER CONSUL.

. . . .

. . . .

. . . .

. . . .

Adieux à la vie.

Les beaux jours vont renaître, et moi je vais mourir.
Je meurs, et cependant je suis à mon aurore;
    Je n'ai pas vingt printemps encore,
    Et n'ai vécu que pour souffrir.
J'ai souffert, et pourtant mon cœur tient à la vie;
Je ne puis sans douleur en voir finir le cours.
Je ne puis sans gémir vous quitter pour toujours,
Mes amis, mes parents, toi sur-tout, ma Julie.

Hélas! autour de moi déja tout est en deuil!
Peut-être en ce moment l'on apprête ma tombe,
    Et le soleil, qui déja tombe,
    Se couchera sur mon cercueil.
Je le vois, vous voulez me cacher vos alarmes;
Vous détournez vos pleurs; vous feignez quelque espoir:
Ah! ne m'abusez point!... pleurez... laissez-moi voir
Que je meurs regretté, que j'emporte vos larmes.

Le printemps, dites-vous, pourra me ranimer :
Eh bien, à cet espoir que tout mon cœur se livre !
    On doit toujours aimer de vivre
    Tant qu'on n'a pas cessé d'aimer.
Mais non, vous me trompiez... c'est en vain que j'espère;
Je le sens... de mes jours le terme est arrivé.
Avant que du soleil le tour soit achevé,
Tu n'auras plus d'ami, plus de fils, ô mon père !

Et toi dont la douleur ne trouve plus d'accent,
Toi qu'à perdre ton fils le ciel a condamnée,
    Approche, mère infortunée,
    Je veux mourir en t'embrassant.
Tu gémis !... De nos maux, va, cessons de nous plaindre.
Étouffons nos sanglots, n'implorons plus les dieux.
Sans doute pour souffrir nous étions nés tous deux :
Il suffit d'être bon pour avoir tout à craindre.

Et toi qu'à mes destins j'avais juré d'unir,
Toi qui me promettais une épouse accomplie,
    Ne viendras-tu point, ma Julie,
    Partager mon dernier soupir ?

Quoi! c'est donc sans te voir qu'il faudra que je meure!
Malheureux!... et pourtant moins malheureux que toi,
Quels que soient mes regrets, je te plains plus que moi.
Le plus infortuné n'est pas celui qu'on pleure.

Mais entends-tu ces sons dans les airs retentir?
Ces lugubres accents frappent-ils ton oreille?
    C'est l'airain qui pour moi s'éveille.
    Il m'avertit qu'il faut partir.
Déja l'ange de mort a sonné la trompette.
Mon œil s'éteint... mon cœur commence à défaillir.
Crains qu'il ne soit plus temps.. accours.. viens recueillir
Le long baiser d'adieux sur ma bouche muette.

Aspect du sol natal.

Il est, (qui sut mieux le connaître,
Qui mieux que moi peut en parler?)
Il est un charme que peut-être,
Quand d'un cœur il s'est rendu maître,
Nul bonheur ne peut égaler.
Ah! c'est de voir, de contempler
Les lieux où le ciel nous fit naître,
Où notre ame, essayant son être,
Sentit ses premiers ans couler!
A cette heure où le jour décline,
Où s'éteint la pompe du soir,
Combien de fois sur la colline,
Au bord de l'onde cristalline,
Pensif, je suis allé m'asseoir!
Salut, disais-je à la vallée,
Salut, ô fortuné séjour
Où, semblable à la flèche ailée,

Ma jeunesse s'est envolée,
A fui comme un rêvé d'amour!
Salut, disais-je, onde chérie,
Toi, dont la rive est si fleurie,
Toi, dont le cristal est si pur,
Moselle, dont les eaux limpides,
Tantôt lentes, tantôt rapides,
Semblent rouler des flots d'azur!
Trois fois salut, disais-je encore,
Long clocher que l'âge décore,
Chef-d'œuvre au temps de nos aïeux,
Toi, dont la magique présence
Naguère, après six mois d'absence,
De pleurs si doux remplit mes yeux!
Salut enfin, salut, disais-je,
Vieux château que la ronce assiége,
Donjons, créneaux, murs écroulés,
Où jeune et parmi les décombres,
Souvent, je crus ouïr les ombres,
La voix des âges écoulés!
Oh! que la rive maternelle
Est douce, est chère à nos regards!

Que l'œil ému retrouve en elle
De souvenirs, par-tout épars!
Près de cette onde mugissante,
Ma muse, encore adolescente,
Balbutia ses premiers airs,
Et là, sur la roche déserte,
De mon pays pleurant la perte,
Préludait à des chants plus fiers.
Sous cette yeuse au vert feuillage,
Une vierge à la fleur de l'âge
Parut sensible à mes concerts,
Et, vers cet antre, son délire,
Pour confidents n'eut que ma lyre,
Que ces rochers nus et déserts.
Le dirai-je? il est un asile,
Ombragé d'ifs et de cyprès,
Dont l'aspect lugubre et tranquille,
Loin du tumulte de la ville,
Nous attache par nos regrets.
Cet asile en qui l'humble espère,
Où l'orgueil se voit confondu,
Est ce champ, là haut solitaire,

Où repose près de mon père
Plus d'un ami que j'ai perdu,
Où comme eux je suis attendu,
Où là, regretté d'une mère,
D'une épouse à mes yeux si chère,
Plus tard tout me sera rendu;
Où, quelque jour, la vierge émue,
Sur ma tombe jetant la vue,
Dira, les yeux mouillés de pleurs:
Ah! s'il est vrai qu'il fut sensible,
Sur ce tertre obscur, mais paisible,
Prions.... et semons quelques fleurs.

Première invasion. (1814.)[1]

Quoi! votre lyre encor peut rester suspendue!
Quoi! pas un chant guerrier! pas un cri belliqueux!
Ah! quand nos fils sont morts, Calliope éperdue
    Est-elle descendue
    Dans la tombe avec eux!
Eh bien, je romprai seul un trop lâche silence!
En vain, de toutes parts, l'ennemi qui s'élance
Inonde mon pays de son cours menaçant.
Chantons : qu'un saint cantique exhale ma colère,
    Dussé-je pour salaire
    Le sceller de mon sang!

    Quel est ce déluge barbare

[1] Cette pièce a été publiée dans le moment même où les troupes
alliées couvraient le sol de la France.

D'impitoyables ennemis?
Sont-ce les gouffres du Tartare
Qui parmi nous les ont vomis?
Le blasphème écume en leur bouche.
A leur regard sombre et farouche,
L'humanité pâlit d'horreur.
Devant eux marche l'incendie,
Et tout hideux de perfidie,
Rien n'est sacré pour leur fureur.

Haine, haine implacable à cette horde impie!
    Non, la foudre n'est qu'assoupie;
France, réveille-toi, fuis tout lâche conseil,
    Et que l'éclat de ton réveil
    Dans leur sang odieux expie
    La honte d'un trop long sommeil!

Vains discours! des Destins l'arrêt t'a condamnée;
Ton aigle a fui vaincu par l'horreur des hivers,
Et ce n'est plus le temps où bravant les revers
La Victoire fidèle, à te suivre obstinée,
Semblait en ta faveur agrandir l'univers.

En vain les Parques mutinées
Se lassaient d'obéir au pouvoir de ton roi,
    Il commandait aux destinées,
Et la terre un moment fut soumise à ta loi.
Tu disais: Je suis reine et le monde est à moi,
Et trente nations, tremblantes, consternées,
    A tes pieds prosternées,
    Frémissaient devant toi.

    D'un mot tu brisais les couronnes
    Au front des rois humiliés.
    Tu marchais, et soudain les trônes
    Etaient la poudre de tes pieds.
    Tes légions, dans leurs ravages,
    Jusqu'aux climats les plus sauvages
    S'élançaient, rapide ouragan.
    C'était le torrent qui bouillonne,
    C'était le feu qui tourbillonne
    Dans les entrailles du volcan.

Hélas! tant de grandeur a passé comme un rêve!
Cet éclat si brillant soudain s'est éclipsé!

Ton dernier jour approche, il pâlit, il s'achève,
        Et ton règne est passé.
Tel succombe un vieux pin, l'honneur de nos collines;
Tel ce géant d'airain qu'aux yeux des matelots
Rhode éleva jadis à l'astre de Délos,
Ébranlé tout-à-coup, tombe.... et de ses ruines
Fait retentir au loin tout l'empire des flots.

Ainsi, du sort jaloux éclatante victime,
Tu l'as vu s'entr'ouvrir cet effroyable abyme
Dont ma muse à tes yeux montrait la profondeur,
Quand, d'un vaste regard embrassant tous les âges,
        Par de sombres présages
        J'effrayai ta grandeur.

        Entonne le chant de tristesse,
Il est tari le cours de nos félicités;
Pleure, pleure, gémis, déplorable Lutèce,
        Un moment reine des cités.

Hélas! que deviendront tes temples, tes portiques?
    Que deviendront les chefs-d'œuvre des arts?

4

Que deviendront ces monuments antiques
Qu'enleva la victoire aux palais des Césars?
Dieux ! pourriez-vous périr, des arts saintes merveilles,
    Marbres divins, qu'anima le ciseau,
Et vous, feuillets sacrés où l'ame des Corneilles,
      Par tant d'illustres veilles,
De l'immortalité crut imprimer le sceau !
    Le front ceint d'horribles ténèbres,
Déja la Barbarie a plané dans les airs.
Par elle nos cités se changent en déserts,
Et Calliope en pleurs, poussant des cris funèbres,
Va cacher loin de nous son deuil et ses concerts.

    Entonne le chant de tristesse.
Il est tari le cours de nos félicités ;
Pleure, pleure, gémis, déplorable Lutèce,
    Un moment reine des cités.

  « Rassurez-vous, disait leur voix perfide,
  « Rassurez-vous, habitants des hameaux,
    « Mettre un terme à vos maux
  « Est le vœu, le seul but qui nous guide.

« Oh! que changés par nous vos destins seront beaux!
« Nous apportons la paix, paix durable et solide.... »
Oui, traîtres, c'est la paix, mais la paix des tombeaux.
Aux armes! que ce cri soit pareil au tonnerre!
Aux armes! que ce cri réveille tous les cœurs!
Osons envisager leur ligue mercenaire,
   Et nous serons vainqueurs!

   Français, quelle est donc ta démence?
Ne sais-tu pas encor qu'ils veulent t'avilir?
  Est-ce la mort qui te ferait pâlir?
Ah! la vie est à charge où l'opprobe commence!
Viens, dût notre pays, comme une autre Numance,
   Sous ses débris s'ensevelir!

A M. de La Martine.

J'étais seul et pensif sur la roche escarpée,
A mes pieds se brisait l'écume des torrents,
Et des vapeurs du soir la lune enveloppée
    M'éclairait de ses feux mourants.
Le vieux chêne et le pin, confidents des abymes,
Tourmentés par Éole, entre-choquaient leurs cimes
    Dans les airs mugissants,
Et l'aigle, roi des monts, égaré de son aire,
Dans les champs de la foudre, aux plaines du tonnerre,
    Poussait des cris perçants.

Et voilà qu'appuyé sur ma harpe plaintive,
Voilà qu'inattentif au bruit de l'aquilon,
Sous le poids du présent ma voix long-temps captive
    En ces mots se plaint au vallon :
« Hélas! fils des neuf sœurs, quelle nuit vous menace!
« Le laurier dont la cime ombrageait le Parnasse

« Serait-il arraché?
« Que d'Homères naissants ont trahi leur promesse!
« Le vieux Pinde est muet, et des eaux du Permesse
      « Le lit est desséché. »

Je disais, quand des cieux se calma la tempête,
Quand le flot du torrent s'arrêta suspendu,
Quand de l'antre au rocher l'écho lointain répète
      Un chant dans les airs entendu :
Doux moment! volupté que le vulgaire ignore!
Pour Byron s'exhalait de ta lyre sonore
      Un hymen auguste et saint.
Ainsi chantait Pindare aux fêtes d'Olympie,
Et du démon des vers la fureur assoupie
      S'éveilla dans mon sein.

Et quel autre, enivré d'un magique délire,
Quel autre, initié dans la langue des dieux,
Fait parler comme toi les cordes de la lyre
      En sons touchants, mélodieux!
Soit que l'enthousiasme à la brûlante haleine,
Plus prompt que le coursier qui dévore la plaine,

Vienne fondre sur toi,
Ou que ta muse ardente, et de gloire altérée,
S'écrie: Oui, l'univers et la voûte éthérée
          Sont transparents pour moi!

L'amour, le sombre amour, Phlégéton du génie,
De sa flamme électrique a-t-il frappé tes sens?
Qu'ils sont beaux tes accords! quels torrents d'harmonie!
          Quel feu respire en tes accents!
Soit que ton luth mouillé des pleurs de l'élégie,
D'une amante au cercueil charme par sa magie
          L'espoir silencieux,
Ou qu'évoquant son ombre au fond de la vallée,
Ta muse, l'œil en pleurs, la tête échevelée,
          La suive dans les cieux.

Sidon qui vit le monde accourir à ses fêtes,
Sidon qui s'endormait au doux bruit des festins,
A-t-elle, au jour marqué par la voix des prophètes,
          Payé tribut aux noirs destins?
Dieux! comme sous tes doigts la cithare inspirée
Raconte de Sidon la grandeur expirée,

Les revers éclatants!
J'entends, j'entends encor ses palais qui s'écroulent,
Et les siècles futurs devant moi se déroulent
    Gros du débris du temps.

Ce n'est pas que ces chants, nobles fruits de tes veilles,
Que ces chants dont le Pinde et les dieux sont épris
Aient parmi les humains, jaloux de leurs merveilles,
    Su conquérir tous les esprits.
Le ciel qui créa l'homme esclave de la terre
Rarement l'associe au sublime mystère
    Dont tu tiens le flambeau,
Et trop souvent aussi les passions humaines,
Étouffant l'équité dans leurs fangeux domaines,
    L'insultent au tombeau.

Sitôt que d'Apollon le trépied prophétique
Eut révélé ta muse et des chants si nouveaux,
Et que sur l'Hélicon ton astre poétique
    Eut vaincu cent astres rivaux,
L'impitoyable Envie, à ta perte animée,
De la nuit des enfers contre ta renommée

Fit siffler ses serpents,
Et, poussant dans les airs mille clameurs funèbres,
Voulut ensevelir sous d'épaisses ténèbres
L'éclat que tu répands.

Ainsi quand des clartés de la céleste voûte
L'astre au bouclier d'or, au disque étincelant,
Superbe, l'œil en feu, détache dans sa route
Un rayon rapide et brûlant,
Si les monts parfumés de l'odorante Asie
Lui rendent en échange un tribut d'ambroisie,
Un nuage d'encens,
Des marais stygiens où dort la fange immonde
S'élèvent tout-à-coup contre l'astre du monde
Les brouillards impuissants.

Que dis-je? quand la Parque à filer trop agile
Accélérait pour toi son rapide fuseau,
Et que déja sa sœur de ta trame fragile
Approchait le fatal ciseau,
Si du Parnasse en deuil les nymphes éplorées
Autour de ton chevet, tristes, décolorées,

Accusaient les destins,
Tes cruels ennemis à l'alégresse en proie
Se faisaient un trophée, une barbare joie
　　Des tes jours presque éteints.

« Qu'il meure, disaient-ils, que la nuit le dévore,
« Qu'il se perde éclipsé sur la route des cieux,
« L'audacieux rival, l'insolent météore
　　« Dont l'éclat frappe tous les yeux !
« A peine à l'Orient sa clarté vient de naître
« Que déja les mortels, prompts à nous méconnaître,
　　« Ont en foule applaudi.
« Grands dieux! si son aurore est si vive et si belle,
« Si ses premiers rayons sont l'amour de Cybéle,
　　« Quel sera son midi?

Tel, lorsque la nuit sombre a déployé ses ailes,
Effleurant des marais l'aquatique séjour,
Le gaz au vol léger, aux pâles étincelles,
　　Sourit de l'absence du jour,
Ou tel, et plus encor ce lumineux reptile,
Cet insecte si fier de sa clarté futile,

De ses feux pâlissants
Presse l'heure où Phébus, dont le flambeau l'irrite,
Ira désaltérer dans le sein d'Amphitrite
        Ses coursiers hennissants.

Heureux, trois fois heureux l'écrivain dont la vie
En orages fertile, et féconde en malheurs,
Au nectar de sa gloire a vu la sombre envie
        Mêler la coupe des douleurs!
La tombe où des humains la foule va s'éteindre
De son nom que l'oubli ne saurait plus atteindre
        Ne sera point l'écueil,
Et les siècles, de fleurs parfumant son image,
D'un long tribut d'encens, d'un éternel hommage
        Salueront son cercueil.

Attiré par sa gloire et la reconnaissance,
Le cœur plein de son nom justement consacré,
Le lointain voyageur ira de sa naissance
        Contempler l'asile sacré;
Et si quelques vainqueurs, émules d'Alexandre,
Précipitent un jour dans sa patrie en cendre

Leur char ensanglanté,
Parmi ces murs fumants d'où la pitié s'exile,
Près des temples détruits, ils sauveront l'asile
    Qu'il avait habité.

Salut, sublime orgueil! noble espoir! doux présages!
Loin de nous, vains lauriers qu'un siècle voit périr!
Un siècle n'est qu'un flot dans l'océan des âges,
    Et vivre un siècle, c'est mourir.
Le cygne du Jourdain, l'Homère de Solyme,
Trois lustres dans les fers vit sa muse sublime
    Et ses lauriers proscrits.
Le temps marche, et soudain la victime est l'idole,
Et, couronné de fleurs, j'entends le capitole
    Qui l'appelle à grands cris.

Mais quel est ce tombeau ceint de hordes guerrières?
D'où vient que ces soldats courbés à son aspect
Au signal de leurs chefs inclinent leurs bannières,
    Muets d'amour et de respect?
Celui dont ce tombeau renferme la poussière,
Vivant avait à peine une couche grossière,

Un abri parmi nous.

Il n'est plus, et du Nord vois les hordes sauvages
Devant son marbre étroit suspendre leurs ravages,
Et tomber à genoux.

Ah! qu'effrayé du bruit de la mer qui s'élance,
Qu'amoureux des zéphyrs et d'un ciel tout d'azur,
L'indolent nautonier mollement se balance
Au sein d'un lac tranquille et sûr,
Palinure, au mépris de la voix des orages,
A travers mille écueils hérissés de naufrages
Fendra les flots amers,
Satisfait, si des flots glorieuse victime,
Il peut sauver son nom des fureurs de l'abyme
Et du courroux des mers.

Maintenant qu'embrasé des feux de l'Ausonie,
Les vers à flots brûlants s'échappent de ton cœur,
Dis quel laurier nouveau des mains de Polymnie
Va couronner ton front vainqueur?
Ta muse de l'Europe est-elle l'interprète?
Et révélant aux rois l'orage qui s'apprête

Sous de sombres drapeaux,
Dit-elle à ces faux dieux de l'époque où nous sommes
Qu'il est venu le temps de régner sur des hommes,
Non sur de vils troupeaux?

Il est passé cet âge où les peuples serviles
Dans un lâche sommeil par-tout ensevelis,
Dégradés dans les champs, abrutis dans les villes,
Rampaient esclaves avilis.
Éclairé du flambeau d'un saint patriotisme,
L'homme, ou plutôt le siècle, autour du despotisme
S'agite en frémissant,
Et de la liberté, qu'il exige en otage,
S'élève du Vésuve et des rives du Tage
Le cri retentissant.

Non cette liberté, fille de la licence,
Qui, du sang pour tributs, des torches pour flambeaux,
Du massacre des rois cimentant sa puissance,
Se tient debout sur des tombeaux;
Mais celle qu'ignoraient le Tibre et ses faux sages,
Fille de la raison, héritière des âges,

   Notre idole aujourd'hui ;
Liberté qui triomphe aux mers de la Baltique,
Que l'Ibérie embrasse, et qui du sceptre antique
   Est le plus ferme appui.

Tel est, tel est l'espoir, généreux, magnanime,
Qui, tranquille et superbe au bruit des factions,
A travers les élans d'un concert unanime
   Se fait entendre aux nations.
Le Tibre, jadis roi, dans ses flots le murmure ;
Pour lui du Scandinave a retenti l'armure,
   Et le Rhin lui répond.
Le Sarmate glacé dans ses vœux le respire,
Et sous le fouet sanglant l'esclave le soupire
   Au bord de l'Hellespont.

En vain les yeux fermés au jour qui les éclaire ;
En vain, sourds au volcan qui mugit sous leurs pas,
Les monarques trompés proclament pour salaire
   L'exil, les fers, et le trépas.
Le torrent qu'on irrite et qu'une digue outrage,
Indigné de l'obstacle, accumule sa rage,

Rugit dans sa prison,
Et, vainqueur furieux, libre enfin de sa chaîne,
Emporte dans son cours et l'orgueil du vieux chêne
    Et l'or de la moisson.

Il apparut un homme, un héros, un génie,
Qui, traînant après soi mille peuples divers,
Sous un vaste laurier voilant sa tyrannie,
    Voulut y tordre l'univers.
Ces braves qu'il reçut en dot avec l'empire
Iront jusqu'en ces lieux où la nature expire
    Lui frayer un chemin;
Au vent de son courroux se briseront les trônes,
Et, comme l'Éternel, il pèse les couronnes
    Dans le creux de sa main.

Mais, tandis que rêvant le monde tributaire,
Ses coursiers belliqueux de meurtres haletants,
Des rives du Volga, devant son cimeterre
    Font fuir les pâles habitants,
Voilà que, renversé de son char de victoire,
Il arme contre lui la muse de l'histoire

Et ses mille burins,
Et que, seul, sur un roc battu des mers profondes,
Il est là pour servir de spectacle aux deux mondes,
D'exemple aux souverains.

Oh! si du bien public la dévorante flamme,
Si l'amour du pays, dont je suis consumé,
Bouillonne dans ton sein, comme au fond de mon ame,
Le bruit des fers l'a ranimé.
Fils du Pinde, accomplis ton divin ministère :
Des peuples qu'on opprime aux deux bouts de la terre
Fais retentir les droits,
Et que ton luth sonore, aux nations propice,
Comme un airain lugubre, au bord du précipice,
Épouvante les rois.

Que tout prince, oppresseur des libertés publiques,
Poursuivi des clameurs de son siècle irrité,
Vainement cherche à fuir par cent détours obliques
L'inflexible postérité,
Certain que si la muse, amante de la gloire,
D'un roi tel que Henri fait bénir la mémoire

Aux siècles à venir,
Un Claude, un Charles-Neuf, éternisés par elle,
Iront, servant de lustre à quelque Marc-Aurèle,
    Indigner l'avenir.

Tel, en hymnes vengeurs brûlant de se répandre,
Étincelant d'audace, et beau de liberté,
L'émule de Sapho, le rival de Terpandre,
    Infligeait l'immortalité.
Des larmes de l'exil que sa coupe soit pleine,
Qu'il traîne loin des murs, du ciel de Mitylène,
    Ses pénates errants,
Dans l'exil, dans les fers, et le front dans la poudre,
Son vers audacieux, image de la foudre,
    Écrasait les tyrans.

Les tombes des Pharaons.

Avide de trésors, et prodigue d'encens,
Qu'il rampe au sein des cours le chantre mercenaire,
Qui, d'une lyre esclave empruntant ses accents,
    Offre aux crimes puissants
Le tribut que l'on doit au Maître du tonnerre.
Il n'avilira point ses chants mélodieux
Le poëte inspiré, le barde ami des dieux.
Des siècles, non des rois, il pèse les suffrages,
    Et du choc des orages
    Se relève plus radieux.

Là, parmi les clartés d'un ciel toujours serein,
Au sommet d'un rocher contemporain des âges,
Il est, il est un dieu dont l'immortel burin
    Sur un livre d'airain
Éternise les noms des tyrans et des sages.
En vain, jaloux de plaire aux siècles à venir,

Un roi par ses flatteurs croit tromper l'avenir;
L'avenir foule aux pieds ce trafic adultère,
  Et des grands de la terre
  Venge ou flétrit le souvenir.

Ainsi lorsqu'autrefois, près de Memphis en deuil,
S'ouvrait d'un Pharaon la vaste sépulture,
La Vérité, debout à côté du cercueil,
  L'arrêtait sur le seuil,
Et du règne expiré retraçait la peinture.
Alors dans leurs tombeaux, derniers palais des rois,
Les pâles Pharaons se levaient à sa voix.
Le sceptre s'agitait entre leurs mains livides,
  Et des sépulcres vides
  L'écho retentissait trois fois.

Oh! comme ils s'indignaient de leur postérité!
Quels soupirs s'échappaient de ces tombes royales,
Quand, d'une voix terrible et le front irrité,
  L'austère Vérité
Déroulait d'un tyran les sanglantes annales!
A peine ils pressentaient le fatal jugement,

Que tous dans leurs tombeaux retombaient lentement;
De pleurs long-temps muets se gonflait leur paupière,
    Et le marbre et la pierre
    Poussaient un long gémissement.

Mais de quels doux transports ils étaient enivrés!
Quel beau jour leur riait dans cette nuit profonde,
Si du monarque éteint les restes adorés
    S'avançaient entourés
Des regrets de son peuple et des respects du monde!
« Heureux et béni soit, disaient-ils, le réveil
« Qui pour nous de la tombe a rompu le sommeil!
« Qu'il entre, des vertus le défenseur rigide
    « Qui, des peuples l'égide,
    « Eut la sagesse pour conseil. »

Ils disaient, et la foule éclatait en sanglots;
Et ses cris de l'état déploraient l'infortune,
Comme autour d'un écueil, tombeau des matelots,
    L'Alcyon, sur les flots,
Mêle ses cris plaintifs au bruit sourd de Neptune.
Cependant, le front pâle et la mort dans les yeux,

Suivaient du Pharaon les fils silencieux.
Sur le marbre ils lisaient ce terrible anathème :
    « Peu dormiront de même
    « Dans la tombe de leurs aïeux. »

Non, vous n'y dormiez point, rois cruels, vils tyrans !
Vainement vous rêviez la paix des pyramides,
Fléaux des nations, rapides conquérants,
    Qui, gonflés en torrents,
Promeniez la terreur chez cent peuples timides.
Au bruit de votre mort, tout-à-coup dans les airs,
Des peuples réjouis s'élevaient les concerts.
A ce bruit se fermait le pompeux mausolée,
    Et votre ombre exilée
    Errait sans fin dans les déserts.

Tel en ce noir vallon, vieux séjour des remords,
Le Styx roulant neuf fois ses ondes menaçantes,
Invincible rempart de l'empire des morts,
    Repousse de ses bords
Des coupables humains les ombres gémissantes.
Tantôt leur foule errante au penchant d'un rocher

Appelle des enfers le sauvage nocher;
Les ondes, le nocher, tout demeure insensible,
     Et la rame inflexible
Leur défend de loin d'approcher.

Paris et les Vosges.

Du sol natal quelle est donc la puissance ?
Gloire, trésors, dieux que la foule encense,
A l'humble lieu berceau de ma naissance,
Oh ! oui, mon cœur eût tout sacrifié !
Un jour, pourtant, cédant à l'amitié,
Et d'une muse écoutant le langage,
Comme un enfant, qui, par l'orgueil surpris,
Des bras d'un père à regret se dégage,
J'abandonnai mes pénates chéris,
Et vers les murs du superbe Paris
Je m'embarquai, lourd d'un léger bagage.
J'étais alors (ô riante saison !
Faveur trop courte et de regrets suivie !),
J'étais dans l'âge où la froide raison
N'a point encor des rêves de la vie
Terni le charme, ou borné l'horizon.
Amant des arts, épris de leurs merveilles,

Dans quel éclat m'apparut leur séjour !
Je m'y levais avec l'astre du jour,
Et la surprise y prolongeait mes veilles.
L'aigle régnait : de Fleurus, d'Aboukir,
La palme encor ne s'était point fanée,
Et de Clovis la vierge couronnée
N'avait point vu, plaintive et profanée,
Pâlir sa rose au souffle d'un Baskir.
Ils étaient là, noirs de sang et de poudre ;
Je les ai vus, mes mains les ont touchés
Tous ces drapeaux sur l'Europe arrachés,
Et dont plusieurs sentaient encor la foudre !
Ils étaient là, monument voyageur,
Ces fiers coursiers, conquis par la victoire,
Qui, d'un héros parant le char vengeur,
De deux mille ans lui reflétaient la gloire !
Ils étaient là, près d'eux battit mon cœur,
Ces marbres-dieux, nobles fils du génie,
Qui du beau ciel de la belle Ausonie
Avaient passé dans les murs du vainqueur.
Et cependant de la rive natale
Mon ame encor semblait s'entretenir !

Et dans mon cœur, riche alors d'avenir,
De la Moselle un vague souvenir
Désenchantait l'altière capitale.
Il m'en souvient : dix fois sur l'horizon
Les feux du jour s'étaient montrés à peine,
Que, dans Paris, déja mon ame en peine
Ne voyait plus qu'une immense prison.
En vain Lutéce, ivre de ses conquêtes,
Autour de moi multipliait les fêtes,
Lorsqu'un héros, ravisseur de nos droits,
Sous vingt lauriers déguisant notre chaîne,
Répudia la couronne de chêne,
Et descendit jusqu'au bandeau des rois.
De mes ennuis, oui, la coupe était pleine,
Et je courais, seul, errant dans la plaine,
De ma douleur épancher les accents !
Et je mourais de malaise et d'alarmes !
Et je pleurais, appelant par mes larmes,
Et ma cascade et mes rochers absents.
Vous le savez, coursiers dont la vitesse,
Lente à mon gré, croissait sous l'aiguillon,
Lorsque fuyant les remparts de Lutéce,

Et dégagé du poids de ma tristesse,
Je revolais vers mon riant vallon !
Dirai-je, ami, dirai-je mon ivresse,
Mes pleurs si doux, ma naïve alégresse,
Lorsqu'aux rayons du troisième matin,
A mes regards, tel qu'un serpent bleuâtre,
De nos sommets le long amphithéâtre,
Se déroula dans l'horizon lointain !
Ah ! que d'un nom caressant la chimère,
Que tourmenté d'un rêve ambitieux,
Un autre vole, explorant d'autres cieux,
Tenter la palme et du Tasse et d'Homère,
Il est un coin dont je rends grace aux dieux,
C'est le rivage où vit encor ma mère,
Où dans la tombe, hélas ! mon pauvre père,
Un soir d'automne, a reçu nos adieux !

Aux mânes d'un grand homme.

13 juillet 1821.

Silence !... un grand destin en ce moment s'achéve...
Silence!... un chant de mort du sein des mers s'éléve...
Le soleil s'est couché dans des voiles sanglants,
La terre a tressailli sous mes pas chancelants ;
De la mort des héros, sinistre avant-courrière,
La cométe a brillé d'une affreuse lumière.
L'aigle qui du Caucase avait franchi la cime,
Atteint d'un trait mortel, gît au fond de l'abyme.
Le lion que le Maure a frappé de ses traits
De sa noble dépouille enrichit les forêts.
Le colosse n'est plus ; et, désormais muette,
La prompte Renommée a brisé sa trompette.
    Ah ! lorsque de tes jours pâlissait le flambeau,
Qu'à tes yeux s'entr'ouvrait l'abyme du tombeau ;
Qu'il fallut échanger, veuf de ton cimeterre,
Contre un Christ expirant le sceptre de la terre,

Qui me révélera ton ame à ces instants?
Le vœu qui l'occupait, prête à sortir du temps?
Et comment, s'élançant dans les bras de l'Histoire,
Elle fit ses adieux au char de la Victoire?
Revit-elle ces monts que deux fois tu franchis?
Tant de bords immortels de ta gloire enrichis?
Austerlitz, proclamant l'homme des Destinées;
Iéna, de Rosbach effaçant les journées;
Wagram, brisant la foudre et l'aigle des Césars;
Friedland, où ton génie enchaîna les hasards;
Lutzen, où la valeur a triomphé du nombre;
Marengo, de Desaix consolant la grande ombre;
Moskowa, de son nom décorant un héros;
Plus heureux si la mort l'eût frappé dans ses flots!
Et la France, au milieu de l'ivresse publique,
Mariant sa couronne à la palme italique?
Rêvait-elle aux destins d'une épouse ou d'un fils?
A la poudre qui fut ou Sienne, ou Memphis?
Et, du Nil saluant les rivages humides,
Plana-t-elle un moment au haut des pyramides?
O noble souvenir des flots du Niémen!
De l'Europe avec toi sublime et saint hymen!

Quand la rame guidant une barque immortelle,
Et chassant la Discorde et la Mort devant elle,
Désarma tout-à-coup tes bataillons épais,
Et fit luire aux vaincus le rameau de la paix!
Revis-tu ce berceau, de vœux source féconde,
Qui sembla, quelques jours, porter le sort du monde?
Tant d'illustres travaux, nobles délassements,
De l'éclat de ton règne éternels monuments?
Ces routes, sur les monts, dans les airs suspendues;
Ces palais, égarant leurs têtes dans les nues;
Ces canaux, de deux mers unissant les tridents;
Anvers dormant en paix au bruit des flots grondants;
Ces ponts, dont l'un bâti des foudres prisonnières,
Rappellent deux lauriers cueillis sous tes bannières?
Ce Code où l'avenir viendra puiser ses lois;
Et ce vaste trophée, enfant de nos exploits,
Rappelant de Trajan l'invincible colonne,
Registre solennel des fastes de Bellone?
Ce laurier décennal, noble prix du vainqueur,
Que sur le Mont sacré rêvait le docte chœur?

. . . .

. . . .

Hélas! en parcourant cet océan de gloire,
Ce siècle, tout chargé, tout plein de ta mémoire,
Plus d'un jour désastreux, père de longs malheurs,
De tes yeux attendris dut arracher des pleurs!
L'Espagne dévorant tes légions fidèles;
Le Nord et ses hivers rugissant autour d'elles;
Et ce dernier combat où ton astre trahi.
Nous laissa pour adieux tout ton peuple envahi.

. . . .

Mais qui peut de la mort pénétrer le mystère?

. . . .

. . . .

L'amitié méconnue.

Il l'a brisé, je le sens à mes larmes,
Il l'a brisé, le fortuné lien,
Dont l'amitié, dans des nœuds pleins de charmes,
Fit si long-temps mon bonheur et le sien.

Alors, hélas! il s'en souvient à peine,
Sans lui pour moi l'univers n'était rien;
Et de son cœur le plaisir ou la peine
Faisait la joie ou le tourment du mien.

Les voilà tous! ils rouvrent ma blessure,
Tant d'écrits chers que sa plume a tracés.
Les voilà tous! hélas! qu'il se rassure,
Déja mes pleurs les ont presque effacés!

Qu'une écriture, à la mienne étrangère,
Sur cet envoi trompe ses yeux déçus.

S'il y voyait la main qui lui fut chère,
Qui sait, mes vers, si vous seriez reçus?

Plus n'est le temps, vous le verrez vous-même,
Où tressaillant à vos traits si connus,
Il vous disait : Enfants d'un luth que j'aime,
Tribut du cœur, soyez les bien-venus.

Ah! si ses yeux, en vous voyant paraître,
Avec mépris semblaient vous recevoir,
Écoutez-moi, j'ai mal su le connaître,
Ou par ces mots vous saurez l'émouvoir :

« Peut-être il touche à son heure dernière ,
« Le vieil ami que vous désespérez.
« Si pour jamais se fermait sa paupière!....
« S'il expirait! — Mon ami, vous pleurez? »

Ah! maudits soient tous ces partis contraires
Qui, tour-à-tour, ou vaincus ou vainqueurs,
Depuis trente ans désunissant les frères,
Ont de leur souffle infecté tous les cœurs!

Présent des dieux, nœud sacré, ciel de l'ame,
Sainte amitié, premier bien des mortels,
Tu vis toi-même insulter à ta flamme,
Et la Discorde ébranler tes autels.

Il m'oublia, celui-là dont ma vie
Faisait sa gloire et son plus cher trésor !
Il m'oublia !... mais qu'il me porte envie !
Pour son bonheur je fais des vœux encor.

Il m'oublia !.. n'importe, qu'il prospère !
Santé, plaisirs, souriez-lui toujours.
Il est bon fils !... que la Parque à son père,
Lente à filer, accorde de longs jours.

Que jamais du regret la coupe trop amère
Du nectar de ses ans n'altère la douceur ;
Qu'il ne pleure jamais au cercueil d'une mère,
Au tombeau d'une amie, à celui d'une sœur !

6

Le bonheur.

Est-il bien vrai qu'avec moi tu yeux vivre,
Qu'un doux penchant m'a nommé ton vainqueur?
Est-il bien vrai que du feu qui m'enivre
Une étincelle a passé dans ton cœur?

Non, ce n'est point un aveugle délire :
Je suis aimé, tes lèvres me l'ont dit.
Dans tes regards, où les miens ont su lire,
En traits de feu mon bonheur est écrit.

O ma Délie! ô moitié de moi-même!
Ange d'amour! ange qui m'as charmé!
Redis-le-moi ce mot sacré : Je t'aime!
Enivre-moi du bonheur d'être aimé!

Aimé de toi! vivre au fond de ton ame!
De mon image occuper ton réveil!

Et quelquefois, dans un songe de flamme,
D'un doux prestige agiter ton sommeil!

Contre mon sein frémissant de tendresse,
Presser ton sein de plaisir palpitant,
Et savourer, plein d'une double ivresse,
Un siècle entier dans un rapide instant!

Comme une rose épanouie à peine,
Pour me nommer voir tes lèvres s'ouvrir,
Et sur ta bouche, éperdue, hors d'haleine,
Sentir mon ame, et trembler, et mourir!

Ah! ce bonheur qu'aux dépens de ma vie
Auraient payé ma constance et ma foi,
Dieux immortels! que l'on me porte envie...
Soyez jaloux... ce bonheur est à moi!

Le Réveil de la Grèce.

HELLÉNIDE.

Je l'ai reprise et sous mes doigts
Elle a frémi la harpe solennelle!
Je l'ai reprise, et de vingt rois
J'ai vu pâlir l'étoile criminelle!
Je l'ai reprise!... Est-ce vous que je vois,
De Marathon, vous, ombres immortelles?
Je l'ai reprise!... accourez à ma voix,
Réveillez-vous, peuples fiers et fidèles!

Ivre d'audace, ivre d'orgueil,
Incrédule aux volcans et bercé sur des laves,
Le sceptre a dit: Tremblez, esclaves!
La servitude, ou le cercueil?
La servitude!... et voilà que la Gréce
Frémit de rage, d'alégresse,

Ressuscite Pélopidas;
Philopœmen sort de la tombe,
Et l'Ottoman sert d'hécatombe
Aux mânes de Léonidas.

Il fut une terre sacrée
A Bellone, aux beaux-arts, aux muses consacrée.
Neptune de ses flots baigne ses bords heureux,
La naïade y sourit à d'éternels ombrages,
Et le soleil, levé dans un ciel sans orages,
L'embrasse d'un œil amoureux.

Là je ne sais quel souffle, enfant de l'harmonie,
Échauffe le courage, enflamme le génie.
Là saintement muet s'assied le voyageur,
Et, cédant à l'éclair d'un rapide délire,
Les doigts comme inspirés s'y jettent sur la lyre,
Ou la main sur le fer vengeur.

Ah! qu'il brise à-la-fois son luth, ses armes vaines!
Qu'il ne profane pas la cendre des héros,
Celui-là qui, voyant la Grèce et ses bourreaux,

Ne sent pas tout un dieu bouillonner dans ses veines!

Le temps avait marché : sous un joug odieux
Gémissait le berceau de la muse et des dieux.
Les temples succombaient à la ronce sauvage,
Le Parnasse désert pleurait son long veuvage,
Et Dircé, sommeillant parmi d'impurs roseaux,
Avait vu se tarir ses prophétiques eaux.
Debout, la verge en main, l'Ignorance attentive
Veillait au dernier cri de la Grèce captive.
La pâle Liberté n'y trouvait plus d'abris.
Athènes n'était plus que silence et débris,
Et, dans un long opprobre, usé par l'habitude,
L'Hellène en ses refrains chantait la servitude.
D'un esclave orgueilleux esclave obéissant
Aux caprices du glaive il prodiguait son sang.
Le malheur, comme un joug, le courbait vers la terre.
La honte chez ses fils passait héréditaire,
Et le flanc maternel, inhumain par amour,
De sa fécondité maudissait le retour.....

Habitez-vous les bords de l'Hippocrène,

Ou le Tempé favorisé des cieux?
Vers le Taygète êtes-vous souveraine,
Vierge au front pur, jeune Grecque aux beaux yeux?

Aux bords riants que le Céphise arrose
Vos yeux d'azur ont-ils vu la clarté?
Du Sperchius êtes-vous une rose?
Près du Ladon, vierge, avez-vous chanté?

Peut-être aux champs où fleurit Mitylène
De vos aïeux verdissent les tombeaux?
Au souffle pur que répand votre haleine,
J'ai cru sentir le nectar de Lesbos.

Ah! répondez!... le cristal de l'Hysméne
A-t-il parfois redit vos traits si doux?
On dit qu'aux bords où son eau se proméne,
La jeune vierge est belle comme vous.
Mais quelle main autour de votre tête
A de ces fleurs tissu l'heureux feston?
De votre hymen prépare-t-on la fête?
Au bien-aimé, vierge, vous conduit-on?

— « Hélas! je vais en esclavage.

« Le sol natal a reçu mes adieux.

« Je vais mourir loin du rivage

« Où vit ma mère, où dorment mes aïeux.

« De l'Ilissus j'habitais les campagnes.

« Fleur, chez les fleurs je n'ai lui qu'un instant.

« Là-bas, voyez-vous mes compagnes?...

« On les conduit au marché qui m'attend. »

Et la Vengeance, indolente furie,

A travers mille morts alors ne volait pas!

Et la trompette, au carnage aguerrie,

Ne sonnait pas la charge!... le trépas!

Et Marathon dans un calme stupide,

Mort à l'honneur, infidèle aux combats,

N'enfantait pas de sa cendre intrépide

Une moisson de glaives!... de soldats!

Mais écoutons... ô prodige! ô merveille!

Le sol s'émeut, la terre a tressailli.

De Marathon la poudre se réveille,

Et le croissant dans les airs a pâli.

Silence encore!.. ô présage! ô victoire!
Dans ce sentier d'éternelle mémoire
   Où la mort fut la liberté,
Où le trépas fut l'immortalité,
La tombe a murmuré des paroles de gloire.

Un mont s'entr'ouvre... écoutez, écoutez!

   « Éclair, jaillis de ma prunelle;
   « Aigle, ravis-moi sur ton aile;
   « Foudres de ma voix, éclatez.
   « Malheur aux tyrans sanguinaires!
   « Mes chants, prophétiques tonnerres,
   « Sur l'aile des temps sont portés!

   « Est-il brisé le joug impie
  « Qui si long-temps pesa sur mon tombeau?
   « Renaissez-vous, jeux d'Olympie?
  « Qui doit chanter un triomphe si beau?

« Salut, ô terre inspiratrice !
« Salut, Dircé, sainte nourrice !
« Noble Ismène, sacré ruisseau !
« O Thèbes, sors de tes décombres !
 « Debout, illustres ombres !...
« Pindare a revu son berceau.

« Ainsi, mille ans sur ma poussière
« La servitude a triomphé !
« Mille ans une horde grossière
« Y tint l'honneur comme étouffé !
« Au sein de leur mère-patrie,
« Les beaux-arts à la barbarie
« En holocauste étaient offerts,
« Et le Grec de ses mains débiles
« Allait panser aux Thermopyles
« L'indigne empreinte de ses fers.

« Oh ! combien sous l'urne isolée
« Où Thèbes m'offrit son encens
« De ma paupière désolée
« Coulèrent de pleurs impuissants !

« Combien s'indignait mon génie !
« Combien dans sa longue agonie
« Frémissait mon courroux captif !
« Mes os foulés par un Tartare !...
« Et d'elle-même ma cythare
« Rendait un son lent et plaintif.

« Enfin les dieux, d'intelligence,
« De tant d'affronts se sont émus,
« Et le soleil de la vengeance
« A lui pour les fils de Cadmus.
« Une voix pareille à la foudre
« A réveillé la sainte poudre
« Muette au fond des monuments...
« J'entends la lyre de Tyrtée,
« J'entends aux lieux où fut Platée
« Un bruit de casques... d'ossements.

« Comment l'éclair dans le nuage
« Si long-temps put-il sommeiller ?
« Comment l'aigle, amant du carnage,
« Fut-il si lent à s'éveiller ?

« Ah ! si le sol que ton pied foule
« N'eût été muet pour ton cœur,
« O Grec ! quels souvenirs, en foule,
« Eussent hâté ce jour vainqueur !
« Ils t'auraient dit : Quoi ! des entraves !
« Et là moururent trois cents braves !
« Là repose Aristogiton !
« Là dort l'ombre de Démosthènes,
« Là fut Sparte... ici fut Athènes,
« Là, Salamine et Marathon.

« Comme on voit la flamme engourdie
« S'élancer au cri des volcans,
« De même, rapide incendie,
« La Grèce eût volé dans les camps.
« L'ouragan qui des mers s'élève
« Pour suivre l'essor de ton glaive
« Eût fait des efforts superflus,
« Et de l'impitoyable race
« Dont tu vas châtier l'audace
« Le souvenir ne serait plus.

« Les voilà!... leur rage s'empare ,
« De vos femmes, de vos enfants...
« Un faible obstacle vous sépare.
« Volez, Hellènes triomphants!
« Que dans leur sang nage la terre...
« Que le glaive s'y désaltère...
« Courage, ô fiers libérateurs!
« Délivrez le tombeau d'Achille;
« Affranchissez l'urne d'Eschile
« De ces bourreaux profanateurs. »

Il disait, et moins intrépide
Rugit le lion des déserts.
Il avait dit, et moins rapide
La foudre passe dans les airs.
La fureur, la rage étincelle...
Le fer luit.., la sueur ruisselle...
Les champs fument de sang trempés...
Et sur les monts, et dans les nues,
On entend des voix inconnues
Crier aux Grecs : Frappez! frappez !

Le dévouement.

HELLÉNIDE.

« Il l'a juré par le Croissant!
« Il en a pris à témoin le prophète!
« Malheur à vous!... dans la plaine il descend,
    « Terrible encor de sa défaite,
    « Et de vengeance frémissant.

    — « Ah! qu'il vienne!... les jours de sang
    « Sont pour le Grec des jours de fête!

    — « Ils renaîtront de toutes parts;
« La mort les suit, l'effroi les accompagne.
« Contre leurs flots qui couvrent la campagne,
« Grec, réponds-moi, quels seront tes remparts?

    — « Le lâche hésite, et le nombre l'étonne,

« Le brave accourt... rien ne peut l'arrêter.
« Mais les voilà !... le fer luit... l'airain tonne...
« Adieu, le Grec ne sait plus les compter.

  — « Pourquoi ce fer que ton bras lève,
  « Vieillard? — Ses coups seront pesants.
  « Les voilà !... J'ai tiré le glaive.
  « Je ne sens plus le poids des ans.

— « Si près des lieux où rugit le courage,
  « Femmes, que venez-vous chercher ?
« De l'Osmanlis vous connaissez la rage.
« S'il est vainqueur, hélas ! où vous cacher ?

— « Dans ce vallon le trépas va descendre,
« Là sont nos fils, nos époux, nos amants.
« Vois ce bûcher, gardien de nos serments...
« Si le Grec meurt... les cruels Ottomans
  « N'insulteront que notre cendre. »

Et sur leurs fronts, beaux d'un éclat guerrier,
Brillait l'espoir, s'agitait le laurier !
Et de leur sein, sur un mode plus grave,

Sortaient ces mots, doux aliment du brave,
Noble aiguillon du glaive meurtrier!

« Ils sont venus, fiers de leur nombre,
  « Sous leurs pas tremblait le vallon.
« Ils s'avançaient, tels qu'un nuage sombre
  « Qu'amasse et pousse l'aquilon.

  « Ainsi qu'une meute écumante
  « Que ranime le son du cor,
  « La soif de sang qui les tourmente
  « Dans le sang paraît croître encor.
    « Au massacre ils s'étudient;
    « De nos champs qu'ils incendient
    « La clarté remplit les airs,
    « Et l'horreur qui les précède,
    « Comme un spectre à qui tout cède,
    « Ne franchit que des déserts.

  « Quelle digue triomphante
  « Brisera ces flots de dards?
  « Des saints que sa cause enfante
  « Dieu voit-il les étendards?

« Quoi ! souffrir la Grèce esclave !
« Que dans notre sang se lave
« Un peuple entier de bourreaux !
« L'assassin sait-il lui plaire,
« Et le vent de sa colère
« N'atteint-il que les héros ?

« Du malheur la coupe est pleine...
« Tremblez, monstres inhumains.
« O Grecs ! courez vers la plaine ;
« Là vos frères sont aux mains.

« Voyez-vous, vers l'eau du fleuve,
« Ce guerrier resplendissant
« Qui dans sa fureur s'abreuve
« De massacres et de sang ?
« Comme à son abord tout plie !
« Son fer, qui se multiplie,
« Étincelle de courroux.
« Ah ! nul doute... au sang qu'il verse,
« Aux bataillons qu'il disperse,
« Oui, c'est lui, c'est mon époux !

« — Et cet autre?... quel ravage ! »
« L'éclair a le vol moins prompt.
« Sous ses pieds fuit le rivage,
« Sous son fer l'acier se rompt.
« Tel qu'un ardent météore,
« Son courroux, qui les dévore,
« Semble un vaste embrasement.
« Ah ! nul doute !... à son audace,
« Aux Barbares qu'il entasse ;
« Oui, c'est lui, c'est mon amant !

« — Et cet autre?... quelle foudre !
« Quel torrent lui comparer !
« Que d'Ottomans dans la poudre
« Sous lui viennent d'expirer !
« Plus prompt qu'un des fils d'Éole,
« A travers la flamme il vole,
« Devant son bras tout a fui.
« Ah ! nul doute ! à sa vaillance,
« Aux prodiges de sa lance,
« C'est mon fils, oh oui, c'est lui !

« C'est assez... reprends haleine.
« Gloire et sourire aux vainqueurs.
« Reviens, intrépide Hellène,
« Ta couronne est dans nos cœurs.
« L'Ottoman fuit sans combattre...
« Quel honneur pour toi d'abattre,
« D'immoler de vils troupeaux ?..
« Laisse fuir le peuple lâche...
« Donne au fer quelque relâche,
« A nos cœurs quelque repos.

« Cependant, à les en croire,
« Leur chef n'avait qu'à parler,
« Et le sang qu'ils couraient boire
« Pour leur plaire allait couler.
« Ivres de vaines conquêtes,
« Ils spéculaient sur les têtes
« Dont ils rêvaient la moisson;
« Et nous, colombes plaintives,
« Nous devions, bientôt captives,
« Y mêler notre rançon.

« Mais, au pied du chêne antique,
« Quel être mystérieux
« Jette un regard prophétique
« Sur le Grec victorieux?
« Dans ses mains brille une lyre;
« On dirait qu'un saint délire
« De ses doigts s'est emparé.
« D'autres ombres l'environnent,
« Et son front qu'elles couronnent
« D'un double éclat s'est paré.

« Serait-ce le noble chantre
« Qui, né sous des cieux lointains,
« Vers le Pinde, au bord d'un antre,
« Apparut à nos destins?
« Qui, rêveur et solitaire,
« A l'aspect de notre terre,
« Sentit son cœur tressaillir,
« Et qui dans sa fleur encore
« S'éteignit comme une aurore
« Qu'un nuage a fait pâlir?

« Parmi ces ombres muettes
« Qui se pressent sous ses yeux
« Ne vois-je pas ces poëtes
« Qui chantaient chez nos aïeux?
« De leurs troupes radieuses
« Les lyres mélodieuses
« Se taisent pour l'écouter.
« Leurs nobles fronts se découvrent...
« Il sourit... ses lèvres s'ouvrent...
« Écoutons... il va chanter.

— « Il ne meurt pas!... il revit dans sa gloire,
« Son nom n'enflera point l'eau morne du Léthé,
« Celui-là qui, jaloux d'une longue mémoire,
      « Des tyrans flétrit la victoire,
« Et sur sa lyre d'or chante la liberté.
    « Il ne meurt pas... sa mémoire est chérie...
    « Son marbre étroit, sa tombe est un autel;
« Celui-là qui, fidèle à l'honneur, la patrie,
        « Leur immole sa vie.
    « Son sang versé se répand immortel.

« O Grec! achéve ton ouvrage!

« Sois ton espoir, ton salut, ton soutien.

« Aigle régénéré de l'empire chrétien,

« Garde-toi d'appeler, pour venger ton outrage,

« Ces peuples avilis dont le pâle courage

      « Énerverait le tien.

    « Eh! ne crois pas que cet aveu les blesse!

     « Eux te venger! te secourir!

L'homme dans l'esclavage a-t-il quelque noblesse?

    « Timide à vaincre, ardent à discourir,

« A tes banquets de mort il craindrait d'accourir,

     « Et l'exemple de sa faiblesse

     « Te désapprendrait à mourir.

« Et puis, quand frémissant de colère et de joie,

« Aux éclats de la foudre, aux lueurs des éclairs,

« L'aigle-roi, citoyen de l'empire des airs,

« Dans le sang des vautours se replonge et se noie,

« Incertain du triomphe, ou troublé d'un vain bruit,

« Le voit-on, profanant sa vengeance et sa gloire,

     « Associer à sa noble victoire

« Le passereau timide ou l'oiseau de la nuit?

« Non. De carnage encor les ailes dégouttantes,
 « Environné de sang et de chair palpitantes,
 « Terrible, et revolant à des combats nouveaux,
« Il s'élance, il atteint son dernier adversaire,
« Et ne repose enfin sa redoutable serre
       « Qu'affranchi de tous ses rivaux. »

POÉSIES DIVERSES.

FRAGMENT

D'une tragédie de Constantin.

ACTE III.

SCÈNE IV.

MAXIMIEN, CONSTANTIN, SUITE
NOMBREUSE.

CONSTANTIN.

Seigneur, lorsqu'en ce jour auguste et solennel
Je cours me prosterner aux pieds de l'Éternel,
Et que, las d'encenser d'impuissantes images,
Aux autels du Très-Haut je porte mes hommages,
Verrai-je, à mon exemple, ici Maximien
Rejeter ses faux dieux pour adorer le mien?
Lui seul, n'en doutez point, est le Dieu qu'il faut croire.
Du séjour des élus qu'il invite à sa gloire,

Il dispose à son gré des peuples et des rois
Et la nature entière obéit à sa voix.

MAXIMIEN.

Je m'en faisais, seigneur, une toute autre idée.
Un obscur novateur, sorti de la Judée,
Expiant sur la croix sa folle mission,
N'avait rien d'imposant aux yeux de la raison.
Pour des êtres si fiers quelle triste origine !
Le dernier des chrétiens cependant s'imagine
Qu'établi pour juger tous les cultes divers,
Il doit à sa folie asservir l'univers.
Il traite d'insensés nos dieux et nos oracles.
Je n'approfondis point de prétendus miracles,
Trop fabuleux récits qui n'ont d'autre garant
Que la crédulité d'un vulgaire ignorant.
Des cultes vrais ou faux c'est la ruse ordinaire.
Qu'à la voix de nos dieux, qu'au bruit de leur tonnerre,
L'univers effrayé courbe un front suppliant :
Un tel culte du moins n'a rien d'humiliant.
Mais quel est donc ce Dieu qu'ils veulent qu'on révère ?...

CONSTANTIN.

Demandez-le, seigneur, aux rochers du Calvaire.

Demandez au trépas, par quel secret nouveau,
Transfuge du cercueil, et vainqueur du tombeau,
Il reprit dans la mort sa majesté première,
Et monta dans les cieux tout brillant de lumière.
Que dis-je? démentez ces prodiges nombreux
Accomplissant les jours prédits chez les Hébreux.
Le Sauveur est mourant... quelles pompes funèbres!
Il meurt, et le soleil s'éteint dans les ténèbres,
Des astres consternés la marche s'interrompt,
Et la foudre par-tout à la foudre répond.
Sont-ce là des témoins vendus à l'imposture?
Est-ce ainsi qu'un mortel commande à la nature?

MAXIMIEN.

Je vous l'ai dit, seigneur, soit amour de mes dieux,
Soit raison, les chrétiens me sont tous odieux.
Leurs mœurs que l'on nous vante et que j'ai démasquées..

CONSTANTIN.

Nommez donc des vertus qu'ils n'aient point pratiquées?
Simples, mais résignés, ils meurent en héros.
Leur secte qui s'accroît sous le fer des bourreaux,
Triomphante et joyeuse au milieu des supplices,
Semble de la torture emprunter ses délices.

Quel genre de tourments n'a-t-on point inventé?
Souvent le bourreau même en fut épouvanté;
Et pâle, et comme atteint d'une foudre imprévue,
Désertait la victime, ou tremblait à sa vue.
Bientôt chaque pays luttant d'impiété
Rivalisa contre eux d'ardeur, de cruauté.
De ce fer destructeur vous vîtes les ravages
Quand, des rives du Tibre aux plus lointains rivages,
De Dioclétien l'épouvantable édit
Sur cent mille chrétiens tout-à-coup s'étendit.
Que n'ont-ils point souffert! Là le bûcher s'allume,
Aux champs de Babylone un feu lent les consume,
L'Arabe les égorge; et là le plomb fondu,
Dans leurs flancs embrasés lentement répandu,
De leur dernier soupir prolonge la torture...
Rafinement cruel dont frémit la nature!
O spectacles sanglants! que n'a-t-on point tenté
Pour fléchir leur courage ou leur fidélité?
Dans leur sein palpitant j'entends crier la scie,
Tandis que sur les monts de l'âpre Béotie
Deux arbres, avec force, un instant rapprochés,
Emportent dans les airs leurs membres arrachés.

A Rome, rassemblés dans un amphithéâtre,
(Rome, de ses faux dieux toujours plus idolâtre,)
Par l'ordre de Maxence on les voit aujourd'hui
Déchirés par des ours moins féroces que lui.
Cependant quel que soit le supplice ou l'injure,
Un seul se permet-il une plainte, un murmure?
Ont-ils, pour résister à tant d'oppression,
Éveillé parmi nous quelque sédition,
Au meurtre, à la révolte excité nos provinces,
Et refusé leur sang... même aux plus mauvais princes?
Loin de là, de leurs maux ils plaignent les auteurs,
Et meurent en priant pour leurs persécuteurs!

MAXIMIEN.

Que ne peut quelquefois l'aveugle fanatisme?

CONSTANTIN.

Le mensonge, seigneur, n'a point cet héroïsme.
L'erreur est moins superbe à l'aspect du danger,
Et j'en crois des témoins qui se font égorger.

MAXIMIEN.

Il est de ces efforts que l'orgueil nous suggère.
Malgré quelques vertus qu'en eux l'on exagère,
Plus d'un crime à leur secte ici fut imputé.

Sur Dioclétien que n'ont-ils point tenté?
Vantait-il leur douceur, lorsqu'à Nicomédie
La torche en son palais promenait l'incendie?
Ils l'osèrent deux fois : c'est assez pour juger
De leurs desseins, seigneur, s'ils pouvaient se venger.

CONSTANTIN.

Il est aisé, seigneur, de confondre l'envie
Sur un fait dont la haine a cru noircir leur vie.
D'un complot si cruel qui ne doute en effet?
Galère les accuse, et lui seul a tout fait.
De Dioclétien connaissant la faiblesse,
Il voulut par ce crime effrayer sa vieillesse;
Lui montrer les chrétiens, terribles, dangereux,
Et changer en fureur l'amour qu'il eut pour eux.
C'est ainsi qu'il obtint cet édit sanguinaire,
Triste fruit des terreurs d'un prince octogénaire.
Rome, ou plutôt l'empire, est d'accord sur ce point,
Et vous-même, seigneur, vous ne l'ignorez point.

MAXIMIEN, *avec ironie.*

Un jour les nations les prendront pour modèles.

CONSTANTIN.

Où donc trouverez-vous des sujets plus fidèles?

Guerriers non moins soumis qu'intrépides soldats,
A la voix de leur prince ils volent aux combats.
Ils ne recherchent point les honneurs ni la gloire,
Et, sans briguer la palme, ils donnent la victoire.
Je la leur dus souvent, et contre les Gaulois
Ils eurent quelque part, seigneur, à vos exploits.

MAXIMIEN.

Ils n'ont fait en cela que ce qu'ils devaient faire.
Mais doit-on s'étonner qu'en mon cœur je préfère
A des guerriers jaloux, destructeurs de ma foi,
Le soldat qui mourut pour mes dieux et pour moi?
Que ma haine, après tout, cède ou reste inflexible,
Quel pacte entre eux et moi désormais est possible?
Pourraient-ils, si j'allais dans le temple m'offrir,
Oublier tous les maux que je leur fis souffrir?
Ma main qui dans leur sang tant de fois s'est plongée,
La légion thébaine à ma voix égorgée,
Son chef même envoyé par mon ordre au trépas:
Ce sont là de ces traits qu'on ne pardonne pas.
Je ne serais pour eux qu'un objet de scandale.

CONSTANTIN.

Que vous connaissez peu leur sublime morale!

8

Une larme sincère, un soupir repentant,
Ramènerait vers vous tous ces cœurs à l'instant,
Et, loin de vous haïr, chacun d'eux au contraire
Éprouverait pour vous les sentiments d'un frère.

MAXIMIEN.

Non, non, de leur pitié j'aurais trop à rougir.
Ma haine est inflexible, et la leur peut agir.

CONSTANTIN.

Puisque mon amitié, dans ses vœux repoussée,
N'obtient pas le succès dont elle s'est bercée,
Et que perdant, seigneur, l'espoir de réussir,
Elle voit le bandeau sur vos yeux s'épaissir,
Souffrez que, sans vouloir insister davantage,
Je déplore une erreur que Faustine partage.
Veuille le Dieu des dieux quelque jour vous changer!
Nous, marchons à l'autel...

FRAGMENTS

De l'Œdipe de Sénèque[1].

ACTE I.

SCÈNE I.

OEDIPE, JOCASTE.

OEDIPE.

Déja le jour douteux a fait pâlir les astres,
Et le soleil naissant, touché de nos désastres,
D'un nuage livide entourant sa clarté,
Lève sur nos remparts son visage attristé.

[1] L'auteur de ces poésies a entrepris la traduction en vers des tragédies de Sénèque. Il publie ici deux fragments tirés de la tragédie d'*OEdipe*. Les observations et les critiques auxquelles ils pourront donner lieu, guideront l'auteur dans le reste de son travail.

8.

A l'aspect de nos murs que la peste ravage
Il semble avec effroi contempler ce rivage,
Et découvre en tremblant, par-tout où l'ombre fuit,
Les cadavres nombreux, ouvrage de la nuit.
Triste destin des rois! félicité trompeuse!
Que de maux sont cachés sous ta face pompeuse!
De même que les monts sont en butte aux autans,
Que la vague des mers, soulevée en tout temps,
Bat le roc qui résiste et repousse Neptune,
Ainsi l'orage assiège une haute fortune.
Combien, fuyant le sceptre à ma main destiné,
Superbe, indépendant, j'errais plus fortuné!
Les dieux me sont témoins si j'enviais l'empire!
Mais de tous mes malheurs vous ignorez le pire :
C'est peu (si l'on en croit de Delphe le laurier)
Qu'OEdipe soit d'un père un jour le meurtrier,
Un forfait plus affreux doit combler sa misère.

JOCASTE.

Eh! quel forfait plus grand que d'immoler son père?

OEDIPE.

O crime que ma voix frémit de retracer!
Phébus par son oracle ose me menacer

Qu'incestueux, brûlé d'une ardeur criminelle,
Un jour je dois souiller la couche maternelle.
Loin du trône natal j'ai fui plein de terreur :
Non que d'aucun remords j'éprouve en moi l'horreur ;
Mais n'osant me fier à ma propre innocence.
O nature ! j'ai craint d'outrager ta puissance.
Grands dieux ! un tel forfait semble incroyable en soi !
Et l'on n'y peut songer sans en frémir d'effroi.
Oui, le sort nous prépare à quelque coup funeste.
Et comment expliquer cette effroyable peste,
Qui des murs de Cadmus ne faisant qu'un tombeau,
N'épargne que moi seul dans ce vaste fléau ?
A quel nouveau malheur faut-il m'attendre encore ?
Ah ! parmi ces débris que la peste dévore,
Au milieu des sanglots, des pleurs que chaque jour
Le trépas multiplie en ce cruel séjour,
Quoiqu'exempt de périls, puis-je, assassin d'un père,
Incestueux, compter sur un règne prospère ?
Hélas ! triste jouet du destin irrité,
C'est moi, moi qui des airs corromps la pureté !
Au fléau destructeur nul soin ne remédie.
Les poumons que dévore un secret incendie,

Vainement d'un zéphyr léger, rafraîchissant,
Implorent le secours, le souffle bienfaisant.
Au signe du lion, qui fit périr Hercule,
Phébus a déchaîné l'ardente canicule.
Les fleuves sont à sec, la verdure pâlit,
Dircé brûle, et l'Ismène, expirant dans son lit,
A peine d'un flot rare humecte le rivage;
La lune au haut des cieux se voile d'un nuage,
Et le ciel, attristé par une double nuit,
Même en un temps serein d'aucun astre ne luit.
D'un air fétide et lourd les vapeurs nous oppressent;
Au sommet de nos tours des spectres apparaissent,
Et Cérès, dont les fruits atteignaient leur saison,
Trompe dans les guérets l'espoir de la moisson.
L'épi qu'alimentait la féconde rosée
Meurt, épuisé de suc, sur sa tige embrasée.
De la contagion, fléau toujours croissant,
Nul être en mes états, nul pays n'est exempt.
L'âge, contre ses coups, le sexe, est sans défense :
Il joint le père au fils, la vieillesse à l'enfance;
Un seul bûcher dévore et l'épouse et l'époux,
Et le convoi funèbre est muet parmi nous.

Enfin (ce qu'on ne voit qu'en un malheur extrême)
Dans les yeux desséchés tarissent les pleurs même.
Mourant, le père au fils rend le dernier devoir ;
Plus loin, c'est une mère en proie au désespoir,
Qui, d'un fils au bûcher portant le triste reste,
Se hâte pour que l'autre ait cet honneur funeste.
Que dis-je? le deuil même enfante un autre deuil,
Et le pâle convoi tombe autour du cercueil.
Alors chaque bûcher voit usurper ses flammes ;
Nulle ombre de pudeur ne reste au fond des ames.
Aux ossements pieux plus de marbres discrets ;
Le sol manque aux tombeaux ; aux bûchers, les forêts.
Combien peu dévorés par la flamme ou la tombe !
Nuls vœux, aucun honneur pour celui qui succombe !
L'homme de l'art expire à côté du mourant,
Et tous soins sont mortels à celui qui les rend.
Élevant jusqu'au ciel mes vœux et ma prière,
Oui, je demande aux dieux d'abréger ma carrière ;
Je crains que, précédé par mon peuple au tombeau,
Je ne sois le dernier qui survive au fléau.

. . . .

ACTE III.

SCÈNE I.

ŒDIPE, CRÉON.

ŒDIPE.

Bien que l'horreur se peigne en vos regards livides,
Parlez : quel est le sang dont les dieux sont avides ?

CRÉON.

Mon cœur rempli d'effroi voudrait se le cacher.

ŒDIPE.

Ah ! si Thèbe au tombeau ne saurait vous toucher,
Que du moins mon malheur vous fasse violence !

CRÉON.

Hélas ! vous frémirez si je romps le silence !

ŒDIPE.

Ignorer ses malheurs ce n'est pas les guérir.
Quoi ! le salut public ne peut vous attendrir !

CRÉON.

Au remède souvent le mal est préférable.

OEDIPE.

Ah ! c'est trop de détours... réponds-moi, misérable,
Ou par un châtiment cruel et mérité,
Tu sauras ce que peut un monarque irrité.

CRÉON.

Rarement la franchise aux monarques sait plaire,
Seigneur.

OEDIPE.

Ah ! c'en est trop ! redoute ma colère.
Tremble que ton sang vil, pour le salut de tous,
N'aille du noir Érèbe apaiser le courroux.

CRÉON.

Me taire est la faveur, seigneur, que je demande.
Est-il envers les rois de liberté moins grande ?

OEDIPE.

Va, celle qui se tait, parfois au souverain
Attire plus de maux qu'une langue sans frein.

CRÉON.

Eh ! que permettra-t-il s'il défend le silence ?

OEDIPE.

Dès qu'un roi le condamne il tient de l'insolence.

CRÉON.

Avec calme du moins, seigneur, écoutez-moi.

OEDIPE.

Ne crains rien d'un récit que j'exige de toi.

CRÉON.

Eh bien! non loin d'ici sont des yeuses sombres,
Protégeant un vallon et Dircé de leurs ombres;
Un antique cyprès que la mousse a couvert
Y dépasse leurs fronts de son front toujours vert,
Et ridé par le temps, cicatrisé par l'âge,
Un chêne y courbe au loin ses rameaux sans feuillage.
Son vieux tronc, que les ans achèvent de blanchir,
Sur ses pieds incertains déja semble fléchir,
Et, n'osant se fier à ses propres racines,
S'appuie avec effort sur les branches voisines.
Là s'élèvent encor, l'un à l'autre étranger,
Et le laurier sauvage, et le tilleul léger;
Le myrte dont Paphos chérit le doux ombrage,
L'aulne qui sur les mers affrontera l'orage,
Et le pin dont les flancs, libres d'aspérités,

Bravent les feux du jour et les vents irrités.

Géant de la forêt, et roi de la colline,

Il est un arbre, enfin, qui dans les airs domine,

Et de qui les rameaux, dans leur vaste contour,

Servent d'égide immense aux arbres d'alentour.

Là, veuve du soleil, immobile, fangeuse,

Dort au sein des glaçons une eau marécageuse;

A peine le devin, de ses pas indiscrets,

De ce lugubre bord eut touché le marais,

Que la nuit de son crêpe et nous presse et nous couvre;

Une fosse à nos pieds sous la bêche s'entr'ouvre,

Et le feu qu'aux bûchers le devin a ravi

De sinistres clartés aussitôt est suivi.

Alors, Tirésias, debout dans les ténèbres,

Bat son front, se revêt de longs habits funèbres;

L'œil farouche, s'avance, et de ses doigts tremblants

D'un rameau de cyprès il ceint ses cheveux blancs.

La brebis, la génisse, au poil couleur d'ébène,

Cèdent à reculons à la main qui les traîne.

Vains efforts! du bûcher la flamme en un instant

Dévore les lambeaux de leur corps palpitant.

Mais les âmes des morts, le roi qui les gouverne,

Et leur triple gardien, s'émeuvent sur l'Averne.
Le devin les évoque, et, bientôt menaçants,
Roulent dans le vallon ses magiques accents.
Enfin Tirésias met dans son chant barbare
Tout ce qui peut troubler ou calmer le Ténare,
Aux flammes du bûcher qu'il arrose de sang
Il livre tout entier le bétail mugissant.
Dans la fosse à longs flots il verse un sang noirâtre;
Il y mêle un lait pur non moins blanc que l'albâtre;
Et, pour mettre le comble au prodige divin,
A ces libations il joint des flots de vin.
Mais son chant recommence, et, les yeux vers la terre,
Il invoque le Styx d'une voix de tonnerre.
Hécate et tous ses chiens répondent à sa voix;
D'un bruit sourd les vallons retentissent trois fois,
La terre en cet instant se dérobe à sa vue :
« Mes vœux sont exaucés, ma voix est entendue,
« Dit-il, du noir chaos j'ai vaincu le séjour,
« Et le pâle Achéron a vu l'astre du jour. »
Soudain vous eussiez vu la forêt tout entière
Se courber, puis d'effroi dresser sa tête altière,
Les chênes se briser, tous les arbres frémir,

Et le sol ébranlé reculer et gémir :
Soit que de l'Achéron la rive courroucée,
Terrible, s'indignât qu'un mortel l'eût forcée,
Soit qu'ouvrant une route à la nuit du trépas,
La terre, en se brisant, eût cédé sous nos pas ;
Soit enfin que Cerbère, en sa rage impuissante,
Eût secoué le poids de sa chaîne pesante.
Mais voilà que le sol, tel qu'un gouffre béant,
Découvre à nos regards l'empire du néant.
J'ai vu, seigneur, j'ai vu sur les rivages sombres
Tous les dieux infernaux pâlir au cri des ombres ;
J'ai vu la nuit du Styx, l'eau morne du Léthé,
Et dans ses froids canaux mon sang s'est arrêté.
Armé, s'entr'égorgeant, s'élance de l'Érèbe
L'escadron fratricide, éclos aux champs de Thèbe,
Et l'affreuse Érinnys au pied retentissant,
Et l'aveugle Fureur qui boit son propre sang,
Et l'Horreur, et le Sphinx, insatiable peste,
Et tout ce que l'Enfer enfante de funeste.
Dirai-je le Chagrin, monstre au cœur ulcéré,
S'arrachant les cheveux d'un bras désespéré,
La Peur, la Maladie étalant son front blême,

Et la triste Vieillesse importune à soi-même?
La frayeur nous saisit. Manto, l'esprit troublé,
Bien qu'instruite en son art, comme nous a tremblé.
Le vieillard, qu'animait un souffle moins profane,
Évoque des enfers la foule diaphane,
Et les mânes plaintifs, tels qu'un brouillard léger,
Dans un air libre et pur accourent voltiger.
Moins de feuilles l'Érix sème au pied de l'automne,
Hybla de moins de fleurs au printemps se couronne,
Quand les filles du Ciel loin de leurs toits déserts,
En épais tourbillons bourdonnent dans les airs;
Moins de flots sont brisés par la mer d'Ionie,
Et moins d'oiseaux encor, mourante colonie,
Au retour de l'hiver désertant le Strymon,
Vont chercher le soleil jusqu'aux sables d'Ammon.
Les mânes que le jour épouvante et refoule
Dans les antres profonds se retirent en foule.
Les premiers qui du sol s'échappent à nos yeux
Sont Zétus maîtrisant un taureau furieux;
Amphion qui pour nous, plein d'un savant délire,
Éleva nos remparts aux doux sons de sa lyre.
Au milieu de ses fils, ivre d'un tendre orgueil,

La fière Niobé fixe sur eux son œil ;
Vient ensuite Agavé, ménade furibonde,
Devançant de ses cris sa horde vagabonde,
Tandis que sur ses pas suivait, l'air menaçant,
Du fils qu'elle égorgea le spectre teint de sang.
L'ombre que le vieillard sollicitait sans cesse
Lève enfin son visage accablé de tristesse,
Et comme renfermant quelque remords secret,
Frémit... et se replonge au fond de la forêt.
Du vieillard aussitôt la prière redouble.
O surprise ! (ah ! seigneur, pardonnez à mon trouble)
Laïus, le grand Laïus, hideux, les yeux hagards,
Tout dégouttant de sang, surgit à nos regards ;
Puis d'une voix terrible : « O race impitoyable !
« Et du meurtre des tiens toujours insatiable,
« Agite, fais vibrer les thyrses inhumains,
« Et du sang de tes fils rougis, rougis tes mains.
« Ah ! l'amour maternel, c'est là, c'est là le crime,
« Qui bien plus que les dieux te pousse vers l'abyme !
« Non, Thèbes, ce n'est point le souffle impur des vents
« Qui moissonne en tes murs la foule des vivants ;
« Et la terre sans pluie, infecte et desséchée,

« N'a pas fait tous ces morts dont la plaine est jonchée.

« Tes maux, tu les dois tous à ce fils criminel,

« Possesseur de mon sceptre et du lit paternel,

« Détestable héritier du meurtre de son père

« (Moins coupable pourtant que sa coupable mère).

« C'est peu que de mon sang il soit teint aujourd'hui,

« Le sein qui l'engendra fut profané par lui.

« Que dis-je? (malheureux! que ne puis-je me taire!)

« Dans chacun de ses fils l'infame compte un frère.

« Exécrable forfait! monstre plus odieux

« Que le monstre inouï dont il purgea ces lieux.

« Toi, dont le bras sanglant profane mes dépouilles,

« Va, je te poursuivrai dans ces murs que tu souilles;

« Sur ta couche Érinnys, secouant son brandon,

« Avec moi te criera: Plus de paix, de pardon!..

« Il est temps que l'inceste en ton palais s'expie.

« Je plongerai tes fils dans une guerre impie.

« Et vous, peuple, indigné de ses noirs attentats,

« Chassez, chassez ce roi du sein de vos états.

« Sur le sol, qu'en sa fuite aura quitté ce traître,

« Comme au printemps, les fleurs, les gazons vont renaît

« Dans l'air un souffle pur soudain s'éveillera,

« L'honneur d'un vert feuillage aux forêts renaîtra,
« Et la Mort, les Sanglots, les Pleurs, les Funérailles,
« Ses dignes compagnons, fuiront de vos murailles.
« Pressés par le remords, bientôt ses pieds impurs
« D'un pas précipité déserteront ces murs.
« Vain espoir! de ses pas, de sa fuite rapide,
« J'arrêterai l'essor... Seul, isolé, sans guide,
« Pour sceptre, un long bâton dans sa débile main,
« Il ira, demandant son pénible chemin.
« Peuple, ravissez-lui ce sol qu'il rend funeste.
« Moi, je le priverai de la clarté céleste. »

OEDIPE.

Ah! d'horreur j'ai senti tout mon cœur se briser!
Des crimes que j'ai fuis, quoi! l'on m'ose accuser!
Mérope heureusement avec Polybe unie,
Traître, confond assez ta lâche calomnie,
Et Polybe, en sa cour, heureux et satisfait,
Détruit jusqu'au soupçon de ce double forfait.
Et sur quoi prétend-on noircir mon innocence?
Vers quel temps dans ces murs remonte ma présence?
Avant que sur ces bords j'eusse porté mes pas,
Les Thébains de leur roi déploraient le trépas.

9

Un dieu me trahit-il? ou le devin lui-même?
Ah! je crois découvrir l'auteur du stratagème!
Oui, tu n'imaginas cette indigne noirceur
Qu'afin que de mon sceptre on te fît possesseur.

CRÉON.

Moi! chasser de son trône une sœur qui m'est chère!
Ah! Seigneur, si chez moi le sang eût pu se taire,
Les maux que le Destin attache au sort des rois
S'y seraient fait entendre au défaut de sa voix.
Que tardez-vous? cédez. Craignez qu'en cette lutte
Le fardeau trop pesant ne vous brise en sa chute.
Dans un sort moins brillant, Seigneur, cherchez la paix.

OEDIPE.

Du sceptre lâchement quitter ainsi le faix!
Et c'est là le conseil...

CRÉON.

Je le dirais de même
Au roi le plus heureux qu'ait vu le diadème.
De la nécessité, vous, subissez la loi.

OEDIPE.

Toujours l'ambitieux s'exprime comme toi.
Il vante le repos, le modeste bien-être :

Et le plus tourmenté cherche à le moins paraître.

CRÉON.

Comptez-vous donc pour rien un si long dévouement?

OEDIPE.

Les perfides par là nuisent plus aisément.

CRÉON.

Roi, sans être chargé du poids du diadême,
Et sans cessé entouré d'une foule qui m'aime,
Je vois, exempt de soins, couler tous mes instants;
Mon palais est rempli de vos dons éclatants.
Au luxe des festins s'y joignent les richesses,
Et j'y puis, grace à vous, répandre les largesses.
Parlez, quel autre sort pourrait plaire à mes yeux?

OEDIPE.

Le trône! Au second rang gémit l'ambitieux.

CRÉON.

Vous trahir! et sur quoi m'en jugez-vous capable?

OEDIPE.

Et toi, sur quels motifs me juges-tu coupable?
Le devin le proclame, et toi, c'est ton avis...
Vous m'avez fait la route, et je vous ai suivis.

9.

CRÉON.

Mais si mon innocence...

OEDIPE.

Un prince dans le doute
Punit comme certains les crimes qu'il redoute.

CRÉON.

Un roi trop soupçonneux mérite ce qu'il craint.

OEDIPE.

Un traître pardonné n'a qu'un respect contraint.

CRÉON.

Ainsi bravant la haine...

OEDIPE.

Ah ! je veux qu'on me craigne.
La crainte de tout temps fut l'égide d'un règne.

CRÉON.

La terreur défend mal un prince dans sa cour.
Craint de tous ses sujets, il les craint à son tour.

OEDIPE.

Gardes, dans cette tour qu'on l'enferme sur l'heure.

Doutes philosophiques.

A M. COLIN,

PROFESSEUR DE PHILOSOPHIE

A Épinal.

O toi! qui t'exilant de la foule importune,
Cultives loin des cours l'oubli de la fortune,
Et qui, fier sans orgueil, savant avec candeur,
De l'abyme moral sondas la profondeur,
Ami, dans cet abyme où ma raison s'égare,
A mes pas incertains daigne servir de phare.
Je suis; j'occupe un point dans ce vaste univers;
Mais, à peine au soleil mes yeux s'étaient ouverts,
Qu'étonné de moi-même, avide de connaître,
D'un regard inquiet j'interrogeai mon être.
D'où viens-je? où suis-je? où vais-je? et pourquoi suis-je enfin?
De mon être quel est le principe et la fin?
Atome décoré du nom de créature,

Quelle chaîne me lie au Dieu de la nature?
Au Dieu?... ce mot lui seul m'arrête et me confond;
Il ouvre à mes regards un abyme sans fond;
Du doute devant moi s'élargit la carrière,
Et mon esprit troublé se rejette en arrière.
—Qu'ai-je entendu? quel doute insensé, criminel?
Quoi! tu pourrais nier l'Architecte éternel,
Et, fermant tes regards à la nature entière,
Déifier le sort ou l'aveugle matière?
Ah! si ton cœur muet, insensible, aveuglé,
Ne te l'a point encor jusqu'ici révélé,
Remontant avec moi le long fleuve des âges,
Viens, viens prêter l'oreille au cri de tous les sages.
—Les sages, l'univers, j'ai tout vu par mes yeux.
J'ai sondé l'océan et la splendeur des cieux,
Et des globes sans fin perçant les sombres voiles,
Je l'ai cherché ce Dieu par-delà les étoiles.
Sceptique audacieux, j'osai plus que n'osa,
Dans ses hardis calculs, Lucrèce ou Spinosa;
Émule des Buffons, rival des Zoroastres,
J'ai médité l'insecte et la tombe et les astres,
Et, suivant dans leur vol Newton et Cassini,

De l'espace et du temps mesuré l'infini.
Oh! comme tourmenté de l'énigme du monde,
J'aimais à m'enfoncer dans cette nuit profonde!
Désertant les cités, tumultueux réduit,
Souvent sur le rocher j'interrogeais la nuit,
Et, l'esprit dégagé des vapeurs de la terre,
Sans cesse je rôdais autour du grand mystère.
Ces astres, tous ces feux dans les cieux allumés,
Quelle loi les retient? quel bras les a semés?
Centres resplendissants, flambeaux inaltérables,
Seraient-ils les soleils de mondes innombrables?
Ou n'ont-ils cet éclat et si vif et si pur
Que pour nous révéler leur vain manteau d'azur?
Toi que rêvait Platon aux bosquets d'Académe,
Seraient-ils de ton front l'éclatant diadème?
Tels je me peins tes yeux de gloire étincelants.
Sont-ce des séraphins autour de toi brûlants?
Ou des sylphes légers, tes messagers fidèles,
Servent-ils seulement à reposer les ailes?...
Peut-être, que sait-on? dans leur brillant séjour
Ceux qui se sont aimés se reverront un jour,
Et l'ame, à sa moitié pour jamais réunie,

Nagera dans des flots d'extase et d'harmonie.
Mais sur son char de feu le soleil de retour,
A doré le sommet des coteaux d'alentour,
Et le chêne aux longs bras dont la tête s'incline
Déja l'a salué du haut de la colline.
Tourné vers l'Orient, le mage, à son aspect,
Ivre de ses rayons, se courbe de respect,
Quand tout-à-coup le dieu, dans sa marche agrandie,
Se détache des monts tel qu'un vaste incendie.
Qui l'engendra? comment? dans quel temps? dans quel lieu
Parle : de l'univers n'est-ce pas là le Dieu?
Ou ce torrent de feu qui de son sein ruisselle
Ne serait-il qu'un jet de l'ame universelle?
Est-ce lui qui, paré d'un éternel printemps,
Pénétre d'un regard dans l'abyme des temps,
Du crime qui se cache éclaircit les ténébres,
L'aperçoit au travers de ses crêpes funébres,
Et, fouillant de nos cœurs jusqu'aux moindres replis,
Sait tous les temps à naître et les temps accomplis?
Non, non; dans son encens, dans ses pieux hommages,
Ne s'est point égaré le saint peuple des mages.
Dieu du jour, roi des cieux, fils de l'éternité,

Des mondes le soleil est la divinité !
Immortel est son cours, divine est son essence,
Et son règne a dès temps précédé la naissance.
— Que dis-tu ? quel délire a troublé tes esprits ?
Se peut-il qu'à ce point ton cœur se soit mépris ?
Ce soleil, qui pour nous luit de clartés fécondes,
Quel est-il, mesuré sur l'échelle des mondes ?
Astre nain, pour les cieux ; pour l'homme, astre géant !
Devant Dieu, vil atome, où lumineux néant...
Non que je veuille à l'homme, au doute qui l'accable,
Expliquer de ce Dieu l'essence inexplicable,
Et, parmi les détours de tant d'obscurité,
A travers mille erreurs chercher la vérité.
Dans la nature il est de secrets phénomènes,
Éternel désespoir des sciences humaines,
Impénétrable abyme, insurmontable écueil
Où toujours des humains se brisera l'orgueil.
Sur Dieu, sur l'univers, sur les causes finales,
Des temps qui ne sont plus consultons les annales.
Quel tissu, quel amas d'erreurs, d'absurdités,
Et de sophismes vains long-temps accrédités !
Chez les Grecs, Démocrite, embrassant des fantômes,

Pour former l'univers met en jeu ses atomes,
Et, pensant convertir notre instinct déréglé,
Soutient que le hasard a tout fait, tout réglé.
Ainsi c'est le hasard qui des sphères lointaines
Entretient dans les cieux des lois toujours certaines,
Et le soleil lui-même, en son cours régulier,
Ne fait rien qu'obéir à ce dieu singulier.
C'est lui (car de ce dieu que ne peut la science)?
Qui mit au fond des cœurs l'étroite conscience,
Contre le crime heureux éveilla le remord,
A la honte me dit de préférer la mort,
Et qui pour mon bonheur plein d'une amitié tendre
Fit mon cœur pour t'aimer, et le tien pour m'entendre.
Lui seul à l'hirondelle, au retour du Belier,
Apprit à retrouver le toit hospitalier;
Il instruisit l'oiseau, sur qui sa bonté veille,
A bâtir de son nid la fragile merveille,
Et, par l'heureux concours de quelques sucs nouveaux,
Fit germer la pensée au fond de nos cerveaux.
Épicure (du moins tel qu'il est dans Lucréce)
Des leçons de son maître empoisonna la Grèce,
Et, prêchant qu'ici-bas rien n'est mal, rien n'est bien,

Fit de la volupté notre souverain bien.
Pourtant de Prodicus la coupe encore humide
Rendit envers les dieux son mépris plus timide:
Et par crainte, bien plus que par religion,
Il en mit... je ne sais dans quelle région.
Mais quels dieux! juste ciel!... de tristes automates,
Ivres d'un fade encens, parfumés d'aromates,
Mannequins couronnés, vrai troupeau fainéant,
Dont l'éternel loisir ressemblait au néant,
Ce n'est là, sois-en sûr, que la vérité nue;
Et pour mieux t'en convaincre, ami, je continue:
Straton, bel esprit faux, philosophe un peu vain,
Rit du fou Démocrite et se croit tout divin,
Et pour mieux étayer son bizarre système
Fait pleuvoir le sarcasme ou gronder l'anathème.
Suivant lui (tant l'erreur prend un air triomphant!)
Le problème est facile, et n'est qu'un jeu d'enfant.
« Des dieux? il n'en est point. Préjugé ridicule!
« Un feu pur et caché dans tous les corps circule,
« Et le foyer commun de ce subtil éther
« S'honora chez les Grecs du nom de Jupiter.
« De ce feu volatil plus s'accroît la parcelle,

« Plus la Divinité dans chaque être étincelle,

« Et, selon qu'il se loge, un peu mieux, ou plus mal,

« Dans l'homme il devient ame, instinct chez l'animal;

« Risible dans Pradon, sublime dans Malherbe,

« Au pied du vaste cèdre il fait végéter l'herbe,

« Et le pampre fécond qui pare nos coteaux

« Lui doit et son nectar et ses esprits vitaux.

« Par lui de l'Océan les orageuses plaines

« Se réveillent aux jeux des phoques, des baleines,

» Et, seul au fond des bois, sur les rameaux déserts,

« Le rossignol plaintif lui doit ses plus beaux airs.

« Ainsi dans l'univers sa chaleur répandue

« Pénètre tous les points de l'immense étendue;

« Elle vit dans les cieux, dans les airs, sur les eaux,

« De l'amant de Syrinx fait parler les roseaux,

« Enflamme le guerrier, vers la gloire l'excite,

« D'Achille fait un brave, un poltron de Thersite,

« Soutient dans un débat Dupin ou Cicéron,

« Et descend par degrés jusqu'au moindre ciron. »

Ailleurs un Grec fameux plaidant la même cause

L'enrichit des brillants de sa métempsycose,

Et, mettant dans l'erreur plus d'esprit et de sel,

Sut mieux tirer parti du souffle universel.
Je m'explique : la mort de ses doigts brise-t-elle
De ce souffle éthéré l'enveloppe mortelle,
Alors de ses liens cet esprit dégagé
Du corps qu'il habitait aussitôt prend congé,
Et changeant de prison, sans changer de substance,
Redevient ici-bas telle ou telle existence.
Que dis-je (si j'en crois le vieillard de Samos)?
Fugitif des humains il passe aux animaux,
Et de l'homme expiré gardant le caractère
Dans l'aigle atteint les cieux, rugit dans la panthère...
Ce système pourtant, tout bizarre qu'il est,
Présente à mon esprit un côté qui lui plaît.
Si, parcourant les monts et leurs crêtes chenues,
J'aperçois l'aigle altier se jouer dans les nues,
Avec lui tout-à-coup, m'égarant loin du sol,
Je crois suivre Pindare où Lebrun dans son vol,
Et l'oiseau, que mon œil cherche à l'aide d'un verre,
Devient à mes regards un dieu que je révère...
Tu ris? et cependant mille rêves plus fous
De ces temps si fameux sont venus jusqu'à nous.
L'un (c'est Anaximandre) en rêvant s'imagine

Que l'homme sous les eaux vécut dès l'origine;
Qu'au fond d'une baleine en naissant renfermé
Il ne sortit de là que déja tout formé.
L'autre, non moins plaisant, veut prouver dans les formes
Qu'à partir du chaos nous étions tous difformes,
Et que l'aveugle choc des éléments divers
De monstres a peuplé le naissant univers;
Que tel avait au front ou des bois ou des cornes;
Que ceux-là de leur nez n'atteignaient point les bornes;
Que ceux-ci du vautour avaient le bec crochu;
Celui-là du belier le pied sec et fourchu;
Que tel autre, pourvu d'un beau plumage et d'ailes,
Défiait dans son vol le vol des hirondelles,
Ou, traînant après soi de longs anneaux rampants,
Balayait de son corps pour le moins deux arpents.
Qu'est-ce que le soleil? Un nuage de flamme,
Un feu doué d'esprit et qui du monde est l'ame;
Un rocher flamboyant, une glace, un miroir,
Où se peint l'univers étonné de se voir.
Est-ce tout? poursuivons: divaguant à son aise,
L'un veut qu'il soit moins grand que le Péloponèse.
Héraclite, à son tour, s'emparant du trépied;

Réduit son diamètre à la taille d'un pied ;
Tandis qu'un autre fou dont le dépit s'allume
Lui donne d'une feuille à peine le volume.
Et l'ame, quelle est-elle ? Un nombre en mouvement.
Non, c'est une eau légère, un liquide élément.
Vous vous trompez, répond l'autre avec ironie :
C'est un accord céleste, une pure harmonie.
Erreur, reprend Zénon que la dispute émeut :
C'est un flambeau mouvant, un rayon qui se meut.
Et son siège ? Au cerveau, si j'en crois Hippocrate ;
Dans le cuir chevelu, suivant Érasistrate ;
Dans le sang, dans le cœur, et même, que sait-on ?
Entre les deux sourcils, au dire de Straton...
— Pardon : mais ce tableau des rêves du portique
Aurait pu se tracer d'un pinceau moins caustique ;
Et l'on devrait peut-être, avec plus d'équité,
Citer au tribunal la docte antiquité.
Sans doute dans ce champ de la faiblesse humaine
S'ouvre pour la satire un assez beau domaine,
Et, cent fois, la raison dut rire ou soupirer
En voyant le sophisme à ce point s'égarer.
Moi-même (car souvent l'erreur aussi m'amuse)

J'ai ri, je l'avouerai, quand le fils d'une muse,
Orphée, en vers pompeux, dans un jargon tout neuf,
Nous dit que l'univers fut engendré d'un œuf,
Et qu'ensuite Hésiode en ses chants nous raconte
Que de cet œuf sortit le beau dieu d'Amathonte;
Enfin j'épuiserais et la prose et les vers
Si des siècles passés je peignais les travers.
Mais dans ces longs débats touchant l'Être des êtres
Les modernes, crois-moi, valent bien leurs ancêtres.
Ont-ils mieux soulevé l'un des coins du rideau?
La terre, dit Burnet, fut une goutte d'eau.
Descartes, qui du monde a cherché le principe,
Dans de vains tourbillons se perd avec Leucippe,
Et l'atome, long-temps de sa gloire déchu,
D'arrondi qu'il était se relève crochu.
De vieilles nouveautés chaque siècle est avide.
L'un veut que tout soit plein, l'autre que tout soit vide.
Malebranche, au bon sens disant lui-même adieu,
Croit que l'homme n'existe et ne voit rien qu'en Dieu,
Et ce globe (du moins c'est Buffon qui l'assure)
Du grand astre des cieux n'est qu'une éclaboussure.
Ainsi l'homme eut toujours l'erreur pour attribut,

Et les meilleurs esprits ont payé ce tribut.
Écoutons, et d'Holbach va bientôt nous apprendre
Comment pour nous former la terre dut s'y prendre :
« Sur l'aveugle chaos l'Esprit avait soufflé,
« Et le ciel sur son axe avait déja roulé.
« Des éléments rivaux cessait enfin la guerre.
« La flamme, que l'abyme emprisonnait naguère,
« En astres radieux brillait au firmament,
« Et des mers s'étendait l'orageux élément.
« La terre vierge encor, mais brûlant d'être heureuse,
« Ressentit du soleil l'influence amoureuse,
« Et, par lui fécondée, enfanta, mit au jour ,
« Les êtres qui du globe ont peuplé le séjour,
« L'âne qui va paissant, et le bœuf qui rumine,
« L'éléphant qui de loin semble un mont qui chemine,
« Le cerf aux pieds légers, l'aspic au dard fatal,
« Le poisson qui des eaux sillonne le cristal,
« Ceux qui vivent dans l'air, ou dans la fange immonde,
« Et l'homme qui se dit le souverain du monde ;
« Mais la terre à la longue, et par l'effet des ans,
« De sa fécondité vit tarir les présents ;
« Sur son sein du soleil les rayons s'émoussèrent,

10

« Son flanc devint stérile, et ses couches cessèrent. »
Et d'Holbach de citer, pour clore son sermon,
Les souris que le Nil vomit de son limon.
Gloire au sage Azaïs! grace à lui, sur la terre,
Dans les cieux, sous les eaux, il n'est plus de mystère :
Les ténèbres ont fui, le voile est soulevé,
Et de l'énigme enfin le grand mot est trouvé.
Chacun sait comment l'être, incréé simple, unique,
Pénétra le chaos d'un désordre harmonique,
Remplit le fier coursier d'un instinct martial,
Fit sortir l'univers du fait initial,
Et changea tout-à-coup, par sa volonté libre,
L'équilibre immobile en mobile équilibre.
De pensers différents dans ce désordre extrême,
Ah! qui peut de ce monde expliquer le problème!
O toi de qui l'esprit plein de solidité
Sur le néant de l'homme a long-temps médité;
Qui, mûri par les ans, le malheur, et l'étude,
Te fis de la raison une longue habitude;
Ami, de son flambeau prête-moi le secours;
Daigne me signaler cette mer où je cours,
Et, témoin des combats auxquels mon cœur se livre,

Ah! dis pour les calmer quelques mots du grand livre!
—Tu l'exiges? suis-moi. J'aperçois à propos
Cet enclos solitaire, asile du repos,
Où dans un angle obscur qu'un simple bois décore
De ton père au cercueil la cendre est tiède encore;
Où sous le vert tissu d'un lierre déja vieux,
A l'ombre d'un cyprès, et loin de tous les yeux,
Dorment ces deux amis, sympathique assemblage,
Que la mort te ravit presque à la fleur de l'âge,
Et dont le souvenir répandu sur tes jours,
Comme un voile funèbre, y planera toujours.
Approchons... de ce lieu; viens, que le charme opère.
C'est là, sous cette croix, que repose ton père.
Ces sentiers sur la mousse et dans l'herbe tracés,
Vestiges de regrets, me l'indiquent assez.
Asseyons-nous... le vent se tait dans la campagne...
Le soleil s'est couché derrière la montagne...
Comme le jour l'année approche de sa fin :
Par-tout deuil et silence... et nous n'avons enfin
Pour nous distraire ici des pensers de la tombe
Que l'insecte qui ronge, ou la feuille qui tombe.
Oh! comme en cet asile, et parmi ces cyprès,

La voix de l'infini parle au cœur de plus près!
Avec quels saints transports, du fond de ce silence,
Vers un monde meilleur en espoir il s'élance,
Et dans un avenir, parfois trop attendu,
Se plaît à ressaisir tout ce qu'il a perdu!
Ami, c'est là qu'il dort celui que tu regrettes.
Ses cendres pour ton cœur seraient-elles muettes?
Crois-tu que tes soupirs, que tes sanglots pieux,
Ainsi que de vains sons, se perdent dans ces lieux?
Que tes pleurs n'ont baigné qu'une poudre grossière?
Que ceux-là qui t'aimaient n'étaient rien que poussière,
Et que l'ombre d'un père, en dépit du trépas,
Ne s'est point réveillée au doux bruit de tes pas?
Non, non, tout ne meurt pas sous cette froide pierre;
J'en atteste les pleurs qui mouillent ta paupière!
Au-delà du tombeau, seuil d'un monde à venir,
Il est un jour plus pur qui ne doit point finir,
Ineffable soleil, interminable aurore,
Que la raison devine et que le cœur implore.

Projet de voyage.

ÉPÎTRE A M. ALBERT DE MONTEMONT

Est-il vrai qu'épris d'un beau zéle,
Que muni d'un pipeau léger,
Aux rivages de la Moselle,
Quand viendra la saison nouvelle
Votre Apollon doit voyager ?
Oh ! que ma muse montagnarde
Vous applaudit d'un tel dessein !
Venez vite, car il me tarde,
Ami fidéle, aimable Barde,
De vous presser contre mon sein.
Déja l'hiver au front sinistre,
Banni du creux de nos vallons,
Avec l'Ennui, son vieux ministre,
Et ses courriers, les Aquilons,
Vers la Néwa qu'il administre
S'enfuit, des ailes aux talons.

Déja le triste et long Carême,
Pâle héritier de son rival;
Les yeux caves, la face blême,
Un baril vide pour emblême,
Vient d'enterrer le Carnaval;
Et, déja changeant de parure,
La coquette au regard mutin,
En léger tissu du matin,
Vient d'enfermer sous la serrure
Le mérinos et la fourrure;
La double jupe et le patin.
Nos coteaux qui, chargés de givre,
D'un froid linceul semblaient couverts,
Au buveur qui chante et s'enivre,
Aux bons vivants pressés de vivre,
Offrent déja des tapis verts;
Et c'est aux champs que je me livre,
Le coude appuyé sur un livre,
Au démon qui dicte ces vers.
La cascade brisant la chaîne
De ses cristaux resplendissants,
Déja, dans la forêt prochaine,

Au pied du roc, ou du grand chêne,
Fait gronder ses flots bondissants,
Et la source, long-temps captive,
De son eau claire et fugitive
Rafraîchit les gazons naissants.
Bientôt, romantique Élisée,
Reverdiront vos bois déserts ;
J'entends déja de doux concerts ;
Et déja, rapide fusée,
L'alouette d'une aile aisée
Fond, en chantant, du haut des airs.
Qu'un peu d'amitié vous stimule,
Plus de retard, cher Montemont ;
Accourez, deux fois digne émule
Des Chapelle et de Bachaumont.
Le dieu qu'au Parnasse on révère,
Et qui trop souvent m'a boudé,
N'en doutez pas, gentil trouvère,
Me verra d'un œil moins sévère
Quand par vous je serai guidé.
L'ami Dutac, le coloriste,
Léger d'argent comme un artiste,

Mais bon convive, et jamais triste,
Buvant sec, et toujours sans eau,
Suivra, muni de son pinceau.
Ainsi dans ce joli voyage,
Dont les muses feront les frais,
A part un peu de verbiage,
Le vrai sera sans alliage,
Et sur l'herbe nous boirons frais.
Ami, de l'ardeur, du courage!
Oui, grace à vous, de notre ouvrage
Un jour le plan s'accomplira.
La matière est neuve et féconde,
Et pour peu qu'un dieu nous seconde,
N'en doutez pas, on nous lira.
Et quel pays dans la nature,
Quel sol, ennemi des tyrans,
Offre au poëte, à la peinture,
Des cœurs plus vierges d'imposture,
Des lieux plus beaux, plus enivrants?
Franchissons ces lacs transparents,
Ces ruisseaux dont les flots errants
A travers les prés odorants

Semblent rouler à l'aventure;
Et ces vieux rocs dont la stature,
De nos monts vaste architecture,
Rit de la foudre et des torrents.
Dans un livre doré sur tranche,
Enrichi par Dutac-Watteau,
Nous montrerons sur le coteau
La bergère naïve et franche,
De myrte enlaçant une branche
Autour de son léger rateau,
Et puis sur la modeste planche,
D'une main délicate et blanche
Servant le miel ou le gâteau.
Aux derniers sons du cor rustique,
Le soir, hâtant notre chemin,
Nous verrons la franchise antique
A notre abord tendre la main,
Et fêter jusqu'au lendemain
Notre équipage poétique.
Mais quand l'astre aux pâles clartés
Blanchira de ses feux obliques
Le front des bois et des cités,

Nous irons, tous trois bien lestés,
Parcourir ces murs dévastés,
Débris poudreux, Kremlins gothiques,
Et qui ne sont plus visités
Que par les amants rebutés,
Les hibous ou les romantiques.
Non loin des restes d'un glacis,
Près de la tour démantelée,
D'un donjon qui penche indécis,
Peut-être une voix isolée
Nous racontera les Coucis,
Les Nemours, les Montmorencis,
Qui, dans la sanglante mêlée,
Par le boulet furent occis.
Oh! qu'il me tarde d'être assis
Au sein de la hutte enfumée,
Où, près de la bûche enflammée,
D'un soldat de la grande armée
Nous écouterons les récits.
Retrouvant là, vêtu de bure,
Sous le sarrau, plus d'un Chambure,
Vieux compagnon de Masséna,

Qui, le cœur plein de ses campagnes,
Rêve parfois sur nos montagnes
Au vieil étendard d'Iéna.

Le dépit.

Pourquoi cette douleur extrême?
Songeons plutôt à nous venger!
Son cœur est devenu léger?
Montrons à l'ingrate que j'aime
Que si son cœur n'est plus le même,
Aussi bien qu'elle on peut changer.
Je vois ce qui la rend si vaine.
Trop de bonté fit mon malheur ;
Elle eût ménagé ma douleur,
Si moins esclave de ma chaîne,
Si moins dépendant d'un coup d'œil,
Je n'avais pas de l'inhumaine
Par tant d'amour flatté l'orgueil.
Je vois ce qui l'enivre encore.
Trop de gloire éblouit ses yeux:
Malheur à celui qui l'adore,
Si l'infortuné, sans aïeux,

Pour tout bien ne reçut des cieux
Qu'un luth sensible qu'on ignore.
Eh quoi ! parcequ'à la former
Amour épuisant sa science
Voulut qu'à sa seule présence
Un cœur se sentît enflammer,
Faut-il, jouet de sa puissance,
Dans l'ennui laisser consumer
Des instants que la jouissance
D'un feu nouveau peut ranimer ?
Non, non, que le dépit m'éclaire.
Ah ! si l'Amour la fit pour plaire,
Pour tout séduire, tout charmer,
Quoi que l'Amour ait fait pour elle,
Il n'est pas dit que l'infidèle
Soit la seule qu'on puisse aimer.
Déja plus calme et moins timide,
Presque affranchi de mon lien,
J'ai fait sentir à la perfide
Que si l'inconstance est son guide,
Mon exemple a suivi le sien.
La revanche est permise à Gnide :

A qui nous trompe on ne doit rien.
Ce matin, libre enfin de crainte,
Prenant conseil de ma fierté,
Je me suis dit : Plus de contrainte,
Allons lui déclarer sans feinte
Le mépris qu'elle a mérité.
J'entre, mon ame était tranquille ;
Nul soupir, nul trouble amoureux :
J'oubliais que ce fût l'asile
Où tant de fois je fus heureux.
Là. pour mieux irriter ma peine,
Semblaient pourtant se réunir
Mille objets dont l'ingrate à peine
Conserve un faible souvenir.
Cet anneau que son cœur méprise,
Gage et symbole de ma foi,
Porté peut-être par méprise,
Lui fut jadis donné par moi.
Cette glace trop enivrante
Où mes yeux de l'indifférente
Cherchaient encor les yeux ingrats,
Cent fois me la peignit mourante,

Belle d'extase, entre mes bras,
Ici partageant mon délire,
Trouvant en moi son univers,
Sensible aux accords de ma lyre,
Elle aimait à chanter mes vers,
Ou se plaisait à les relire.
Plus loin sur ce riant sopha,
De nos plaisirs mouvant théâtre,
Où ma tendresse moins folâtre,
Où ma constance opiniâtre
De ses scrupules triompha...
Vous riez, trop cruelle amie!
Vous vous jouez de mon courroux,
Vous savez trop que contre vous,
Quel que soit ce dépit jaloux,
Ma haine est loin d'être affermie!
Hélas! lorsqu'un même lien
Unissait, enchaînait nos ames,
Lorsque l'Amour des mêmes flammes
Embrasait mon cœur et le tien,
Que, savourant ton entretien,
Que, protégé par le mystère,

Je ne voyais pas sur la terre
Un seul bonheur égal au mien,
Tu sais dans quelle douce ivresse
Courtisant Phébus et l'Amour,
Amant, poëte tour-à-tour,
J'osais prédire à ta tendresse
Que dans les fastes du Permesse
Ton nom serait fameux un jour.
L'exemple me rendait crédule.
L'objet qu'a célébré Catulle
Autant que l'univers vivra,
Et le vert laurier de Tibulle
Ceignit le front de Nééra.
Ainsi trop fier de ma victoire,
Bercé d'un espoir suborneur,
Je me disais. Chargeons la Gloire,
Chargeons les filles de Mémoire
De la payer de mon bonheur.

La convalescence.

ÉPITRE

A Melle CLARISSE B***.

Vos maux ont donc trouvé leur terme!
Dimanche vos amis joyeux
Iront avec vous à la ferme.
A l'envi rendre grace aux dieux!
Oh! que ce jour aura de charmes!
Quel doux toast sera porté!
Qu'on va boire à cette santé,
L'objet de si vives alarmes,
Et qui trois fois nous a coûté
Tant de frayeur et tant de larmes!
   C'est moi qui veux dans ce beau jour,

11

Aidé sur-tout de Virginie,
Ordonner la cérémonie
Qui doit au champêtre séjour,
Sous les auspices de l'Amour,
Voir la famille réunie:
Le ciel sera pur et serein;
Point de nuages, de tempête;
La gaieté n'aura pas de frein;
Et déja ma muse s'apprête,
De nos cœurs fidéle interprète,
A chanter un joyeux refrain.
Ce jour-là, sitôt que l'Aurore,
Fuyant des bras de son vieillard,
Aura versé son pot de fard
A l'Orient qu'elle colore,
Je viendrai sur mon petit char
(Que monsieur Fabre fait encore)
A la troupe qui vous adore
Donner le signal du départ.
Au beau milieu de la voiture,
Sur un coussin bien velouté,
Le cher enfant ressuscité,

Dans un bon châle emmailloté,
Se placera dans la posture
Qu'ordonnera la Faculté,
Et de l'aspect de la nature
Le cœur ému, l'œil enchanté,
Sourira d'un air de bonté
Aux fleurs, aux champs, à la verdure,
Sur-tout à notre hilarité.

Près de son cœur sera sa mère
(Sa mère qui l'a tant gâté!),
Tandis que de l'autre côté,
Savourant avec volupté,
Avec transport, ce jour prospère,
Son meilleur ami, son bon père,
Sourira de félicité.
Pour que la marche soit plus douce,
Pour éviter toute secousse,
Moi, qui serai le Phaéton,
Je ferai marcher sur la mousse
D'un pas bien lent monsieur Mouton;
Vos docteurs, d'un air de conquête,
En habits de triomphateurs,

Au bruit des noms les plus flatteurs
Lèveront fièrement la tête :
Nous leur devons tant de bonheur
Qu'ils ont mérité tout l'honneur,
Toute la gloire de la fête.
Sur nos traces, à petits pas,
Rangés en ordre de bataille,
Deux ânes pliant sous leurs bâts
Viendront, chargés de victuaille,
Prêter matière à nos ébats...

Nous bornerons à deux services
La marche et l'ordre de nos plats.
Nous serons là trois avocats,
Deux docteurs jugeant tous les cas ;
Et l'on sait bien qu'entre autres vices
D'un bon mets nous faisons grand cas.
Quant au dessert, quelques cerises,
Heureux tribut de la saison,
Seront offertes sans façon,
D'autant mieux qu'elles seront prises
A quelques pas de la maison.
Pour vider nos brocs, nos futailles,

Nous n'aurons garde assurément
D'aller entre quatre murailles
Emprisonner votre enjouement;
C'est sous l'ombrage délectable
D'un antique et beau marronnier
Que, m'érigeant en cuisinier,
Je placerai la longue table
En face même du cellier.
Vos docteurs, dépouillant l'air grave
De messieurs de la Faculté,
Comme moi marchant de côté,
Avec moi viendront à la cave
Arracher quelque cruche esclave
A sa longue captivité.
Point d'argument scientifique,
Point de phrase trop magnifique;
Autant que faire se pourra,
Après l'esprit nul ne courra;
Et tout discours soporifique
A l'Institut se renverra.
Rire sera la grande affaire,
Loin donc le fatras somnifère

De lois, d'arrêts, de jugements,
D'exploits, d'huissiers, d'ajournements,
Dont nos fillettes n'ont que faire!
    Du moka dès que l'ambroisie
Aura de ses riants parfums
Aiguillonné la poésie,
Troublant l'écho des environs,
D'un feu nouveau l'âme saisie,
Alors en chœur nous chanterons,
Non les boulets et la mitraille,
Non les La Hire, les Xaintraille,
Non tel conquérant, tel vainqueur,
Tous gens brutaux et sans entrailles,
Brisant les tours et les murailles,
Et contemplant d'un ris moqueur
Quelque cent mille funérailles;
Mais bien Bacchus et sa liqueur,
Mais ces couplets vaille que vaille,
Que chez d'autres l'esprit travaille,
Et qui chez nous viennent du cœur.
Nous prierons le vainqueur du Gange,
Bacchus, protecteur des raisins,

De hâter l'heureuse vendange
Qui déja chante sa louange
Et rit sur les coteaux voisins.
Nous prierons le dieu de Cythère,
Amour, ce bambin redouté,
D'accorder souvent à la terre
Des enfants dont le caractère
Rappelle notre enfant gâté,
Et, brisant ces flèches cruelles,
Ces traits si féconds en tourments,
De n'inspirer aux cœurs aimants
Que ces tendresses mutuelles
Qui font l'ivresse des amants.
Nous prierons le dieu d'hyménée,
Ce dieu qu'on néglige ici-bas,
De pourvoir enfin dans l'année
Toute fillette infortunée
Qui, lasse de son célibat,
Voudrait, de myrte couronnée,
Doublant enfin sa destinée,
Savoir pourquoi le cœur lui bat...
A tous ces chants dont la cadence

Si doucement nous charmera,
Avec plus de magnificence
Un hymne à la reconnaissance
Pour vos docteurs succédera.
Nous leur dirons : « Fils d'Hippocrate,
« Soyez chez nous les bienvenus,
« Et que la lyre de Linus,
« Qui dans nos mains n'est point ingrate,
« Vous désopile un peu la rate,
« Et que d'ici jusqu'à Surate
« Vos noms sublimes soient connus.
« C'est vous, disciples d'Esculape,
« Qui, du Styx fermant le chemin,
« Par un mérite plus qu'humain
« Empêchez que la mort ne happe
« Tel de nous qui sans lendemain
« Irait visiter la soupape,
« L'antre affreux d'où nul ne s'échappe,
« Eût-on pour soi maint parchemin,
« Fût-on roi, cardinal, ou pape ;
« C'est vous, docteurs, c'est vous enfin,
« Vous dont la dernière victoire,

« Si chère à tous, si méritoire,
« Sera quelque jour dans l'histoire
« Gravée en or, et du plus fin,
« Par moi sur-tout dont l'existence
« Sans vous, dans cette circonstance,
« Eût touché de suite à sa fin. »
   Mais quelle voix enchanteresse,
Remplaçant nos bruyants transports,
Dans nos cœurs pleins de ses accords
Mettra le comble à tant d'ivresse ?
C'est Virginie aux yeux perçants,
C'est Virginie aux doux accents,
Virginie au gosier si tendre
Que nul mortel ne peut l'entendre
Et rester maître de ses sens !
Elle dira la sainte extase,
Les nœuds touchants de l'amitié ;
Comment dans deux cœurs qu'elle embrase
Peines, plaisirs, sont de moitié ;
Comment, tandis que son amie
Voyait de l'astre de sa vie
L'éclat pâlir, les feux mourants,

La nuit, le jour, tout en prières,
Les pleurs de ses longues paupières
Coulaient sans cesse par torrents.
Pour mieux l'écouter, dans la plaine,
Zéphyr retiendra son haleine,
Et l'onde ses flots murmurants.

ROMANCES.

Plus n'ai d'amour.

Je l'ai brisé, le joug de l'inhumaine !
Comme un captif échappé de sa chaîne,
    J'ai fui sa cour ;
Plus ne soupire en contemplant ses charmes,
Depuis un jour point n'ai versé de larmes,
    Plus n'ai d'amour.

Soucis cruels ne troublent plus ma vie ;
Franche gaieté, qu'elle m'avait ravie,
    Est de retour ;
A mes rivaux quand l'ingrate veut plaire,
Pas je ne sens s'éveiller ma colère,
    Plus n'ai d'amour.

Son chant si doux, si flexible et si tendre,
Pourrais rester maintenant sans l'entendre
      Tout un long jour;
Si je l'entends, plus n'y prête l'oreille;
Sans y songer je m'endors et m'éveille...
      Plus n'ai d'amour.

L'air où mon cœur lui peignait son martyre
Plus n'est celui que me plais à redire
      Quand naît le jour ;
Ai-je aperçu rose qu'elle a cueillie,
Pour d'autres fleurs je m'arrête et l'oublie,
      Plus n'ai d'amour.

Déja ces bois où le printemps éclate
Me font trouver, même loin de l'ingrate,
      Beau leur séjour ;
En respirant doux parfums dans la plaine,
Plus ne croirai respirer son haleine...
      Plus n'ai d'amour.

Que si les dieux, punissant l'infidèle,

En me vengeant venaient me rendre d'elle
    Maître à mon tour,
Je lui dirais : N'ai plus rien qui m'inspire ;
Il est passé le temps de votre empire,
    Plus n'ai d'amour.

Que dis-je? allons, délivré de ma chaîne,
Devant ses yeux faire éclater ma haine,
    Sans nul détour !..
Mais non, mon cœur, gardez-vous d'en médire ;
Si la voyiez, pas n'oseriez lui dire :
    Plus n'ai d'amour.

N'aimai que toi.

Beauté toujours fit résonner ma lyre,
Beauté toujours a reçu mon encens;
A son aspect toujours nouveau délire
Pour la chanter m'inspira doux accents :
Vierge au cœur pur, Thémire sut me plaire;
Naïve Églé m'enchaîna sous sa loi;
Mais, ô ma mie! apaise ta colère,
  N'aimai que toi.

Joli minois, pied mignon, cou d'albâtre,
Dans Galatée éblouirent mes yeux;
D'Aglaure aussi, nymphe aimable et folâtre,
Regards piquants furent long-temps mes dieux.
A l'une ai dit: Sois l'astre qui m'éclaire;
A l'autre: Amour te répond de ma foi;
Mais, ô ma mie! apaise ta colère,
  N'aimai que toi.

Par les contours de sa taille légère
Athénaïs me blessa de ses traits;
D'Aline encor, dont je fis ma bergère,
Tendre souris eut pour moi mille attraits.
A l'une ai dit : Sois mon dieu tutélaire;
A l'autre : Accours, sois l'univers pour moi;
Mais, ô ma mie! apaise ta colère,
    N'aimai que toi.

Le regard.

Oh! qu'un regard, doux messager de l'ame,
Quand il lui plaît sait bien nous émouvoir!
  C'est là qu'Amour en traits de flamme,
  Mieux qu'ailleurs grava son pouvoir.
  Pour triompher d'un cœur rebelle,
Pour enchaîner un amant à son char,
Vous le savez!... que faut-il?... d'une belle
    Rien qu'un regard.

Simple et naïf dans l'âge d'innocence,
C'est un éclair, un feu dans le desir.
  Il est rêveur en votre absence,
  Presque divin dans le plaisir.
  Quand la beauté, moins sûre d'elle,
Voit un amant prêt à quitter son char,
Quel talisman retiendra l'infidéle?
    C'est un regard.

Dans un regard ne sais combien de charmes
Semblent s'unir pour enivrer nos sens.
    Je m'attendris avec ses larmes;
    Sa volupté, je la ressens.
    Quand du départ a sonné l'heure,
Que d'un amant fuit à regret le char,
Qui le suivra pour lui dire : On te pleure ?
        C'est un regard.

Premier regard, qui de nous se rend maître,
Fait bien souvent le destin de nos jours ;
    De la blessure qu'il fit naître
    Le cœur se ressouvient toujours.
    L'amant au terme de la vie,
Voit-il la mort et son lugubre char,
Dernier adieu qu'il fait à son amie,
        C'est un regard.

Pourquoi demain?

Oh! si des ans la fuite est prompte,
S'ils passent vite nos instants,
Si dans la vie à peine on compte
Quelques beaux jours, quelques printemps,
Lorsqu'en nos cœurs est même ivresse,
Qu'un même feu brûle en ton sein,
Réponds, ô ma jeune maîtresse,
    Pourquoi demain?

Hier, sous ce riant ombrage,
Jeune rose ornait le vallon,
Quand tout-à-coup, fils de l'Orage,
Accourt le fougueux Aquilon.
Ah! si non moins passagers qu'elle,
Nos jours n'ont qu'un terme incertain,
Ah! réponds-moi, ma toute belle,
    Pourquoi demain?

Comme toi, dans la fleur de l'âge,
Lise, plus fraîche qu'un printemps,
Disait aux bergers du village :
Demain, demain... il n'est pas temps.
Pleurez, Amours !... pâle colombe,
Lise a vu son dernier matin,
Et le pasteur lit sur sa tombe
  Pourquoi demain?

Vous avez l'âge.

Il faut aimer, sensible Aline,
Aimons, c'est le cri du hameau;
Zéphyr le dit sur la colline.
Et le rossignol sur l'ormeau.
Venez, venez sous le feuillage,
En vain votre cœur s'en défend :
N'en doutez point, ma chère enfant,
    Vous avez l'âge.

Au bruit de l'onde fugitive,
Vos yeux succombent de langueur.
Du rossignol la voix plaintive
Porte le trouble en votre cœur.
Venez, venez, etc.

Au nom d'Amour votre paupière,
Vos grands yeux noirs se sont baissés.

Vous résistez à ma prière,
Et cependant vous rougissez.
Venez, venez, etc.

De votre blanche collerette
Les plis s'entr'ouvrent à dessein,
Et sous la gaze moins discrète
Long soupir enfle votre sein.
Venez, venez, etc.

Eh quoi! devenus plus timides,
Vos regards évitent mes yeux,
Et de plaisir encor humides,
Semblent dire : Quittons ces lieux.
Restons, restons sous ce feuillage;
En vain votre cœur s'en défend :
N'en doutez pas, ma chère enfant,
    Vous aviez l'âge.

Pourquoi cela?

Le regard mourant de langueur,
Nicette, un jour, dans la campagne,
Disait, les deux mains sur son cœur,
A Philis, sa jeune compagne :
Je sens, je sens un trouble là...
      Pourquoi cela?

Dans un songe un enfant ailé
Cette nuit s'offrit à ma vue;
Il a souri, puis a parlé,
Et mon ame était tout émue.
Je pleurai quand il s'envola...
      Pourquoi cela?

L'autre jour, près de mon troupeau,
Colin vint me trouver seulette;
Il mit des fleurs à mon chapeau,
Et des rubans à ma houlette.

Je rêvai quand il s'en alla...
    Pourquoi cela?

Un autre jour vers ce buisson
Il soupirait sur sa musette,
Et le refrain de sa chanson
Était Nicette, et puis Nicette.
A sa voix mon cœur se troubla...
    Pourquoi cela?

Ce matin, fuyant la chaleur,
A l'ombre il rencontra Colette,
Et le méchant lui prit la fleur
Qu'elle avait à sa collerette.
De larmes mon cœur se gonfla...
    Pourquoi cela?

Mais vers ces antres écartés,
Oui, c'est lui... je le vois paraître!
Son chien qui jape à ses côtés
Semble déja me reconnaître.
Je tremble en disant : Le voilà...
    Pourquoi cela?

Il était temps.

J'adorais Lise, et j'en étais aimé.
Je la voyais tendrement me sourire.
Vivre sans moi lui semblait un martyre,
Et dans ses vœux j'étais toujours nommé.
Jeune, sensible, à la rose pareille,
Elle achevait son seizième printemps,
Et les Amours lui disaient à l'oreille
   Qu'il était temps.

C'était le mois où l'incertaine abeille
De fleur en fleur poursuit son vague essor,
Où le printemps de sa riche corbeille
Sur nos vallons épanche le trésor.
Tout s'animait : les tendres tourterelles,
Ivres d'amour, et des feux du printemps,
Sur le rameau se redisaient entr'elles
   Qu'il était temps.

Lise avec moi reposait au bocage ;
Elle écoutait et soupirait tout bas,
Et dans ses yeux ne sais quel doux langage
De sa pudeur trahissait les combats.
Déja ma bouche aspirait son haleine...
Déja nos cœurs se pressaient palpitants...
Lycas survient.... Lise fuit vers la plaine...
    Il était temps.

Le ciel roulait dans un profond silence,
D'astres sans nombre il était éclairé.
Lise s'émeut... dans ses bras je m'élance,
Et sur mon cœur bat son cœur enivré.
Déja sa voix sous ma lèvre est muette ;
Rose d'amour touche aux derniers instants...
Sa mère accourt... Tout bas l'écho répète :
    Il était temps.

FIN.

TABLE

DES PIÈCES CONTENUES DANS CE VOLUME.